あなたを諦めきれない元許嫁じゃダメですか？

桜目禅斗

角川スニーカー文庫

22206

CONTENTS

EX-FIANCEE

[illustration] かるたも

[design] AFTERGLOW

プロローグ

俺には城木翼という幼馴染がいた。

隣の家に住んでいた同い年の女の子。

気が弱くて声も小さくて、一人じゃ危なっかしくて放っておけない人だった。

その時は福岡県の山に囲まれていた田舎町に住んでいた頃だったので、隣の家とは家族ぐるみで仲が良かった。

登校する時も、放課後も休日も、隣には常に翼がいた気がする。

一緒にキャッチボールをしたり、家族同士で出かけて海で泳いだりとか、たくさん遊んだはずだ。思い出のアルバムは無くても、その映像を頭に思い浮かべることができる。

気の合う友達として小学四年生までは楽しく遊んでいた。

しかし、互いの父親の言葉で俺と翼の関係性は変わってしまった。

「七渡と翼は今日から許嫁だ。二人で俺達の農地やこの家を守っていってくれ」

酔った勢いで決めた父親達の一言が、俺達の関係性を変えてしまった。

友達が友達ではなくなってしまったのだ。

翼は俺を変に意識し始め、俺と上手く話せなくなってしまった。

俺は俺で気恥ずかしさを隠すために翼と遊ばなくなり、話すことも極力避けて距離を取り始めてしまった。

そんな形だけの付き合いが続いた俺達にも別れの時が訪れた。

小学五年生の春、俺の両親が離婚し母親と二人で東京へ引っ越すことになった。

「……ずっと好きやよ」

翼の最後の言葉。

大泣きしながら手を振っていた翼の姿は今でも鮮明に覚えている。

悲しむ翼に何の言葉もかけてあげられなかったことは、今でも後悔している。

俺はあの時、一粒の涙も流さなかった。

何故なら俺はこうなることがわかっていたからだ。

ずっととか、永遠とか、一生とか、そんなものは存在しない。

始まりには終わりがある。出会いがあれば別れもある。傍にいれば離れる時がくる。

翼とはいつか離れ離れになることを子供ながらに覚悟していたのだ。

ただ、別れがあれば再会もあることは、この時の俺はまだ知らなかった――

第1章　リスタート

「行ってきます」

俺は自宅であるアパートを出て、集合場所である公園へと向かう。

今日は駒馬高校の入学式であり、今日から高校生活が始まる。

中学時は部活に受験勉強にと大変だった思い出しかない。高校では高校生らしく青春を謳歌する日々を過ごしたいものだ。

例えばどうだろう……春は花見をするとか、夏は花火をするとか海に行くとか、秋は温泉に行くとか、冬はスノボーをするとか、そういう日々を過ごしていきたい。

例に挙げたような日々を過ごすには、友達が必要不可欠である。そして、俺には幸いにも既に友達が二人いる。

同じ中学から高校に進学した友達。一人は同じバスケ部だった廣瀬一樹と、もう一人は公園のベンチでスマホを弄りながら待っていた地葉麗奈だ。

「おはよ～七渡」

俺を見つけるとパッと表情を明るくさせた麗奈。

中三の時に初めて同じクラスになり、受験勉強を一緒に取り組んだことで仲良くなった女の子。

最初はお互いよそよそしかったが、今では名前で呼び合う仲だ。

友達以上の存在ではあるが、それは親友という形だ。異性の友達であるために恋人と勘違いされてしまうことも多いが……

「おはよう麗奈」

明るく長い茶髪。短いスカートに、ボタンを皆より一つ多く開けていて胸元が見える格好。どんな女性か一言で言ってしまえばギャルという括りだろうか。

化粧をしていて、地味目な俺と異なり派手さもある。存在感があり目立つタイプだ。

俺の隣に立って歩き始める麗奈。入学式は緊張するからという理由で一緒に登校しようと提案された。

「同じクラスだといいな」

「うん。てかてか同じクラスじゃなかったらあたし泣くし」

「一学年に八クラスあるって聞いてるから、確率は十二パーセントぐらいだな。けっこう厳しいと思うぞ」

「現実見せつけないでよ〜違うクラスになってもあたしの教室に来てね」

「安心していいぞ、違うクラスになっても友達だし放課後は一緒だろ？」

俺の言葉を聞いた麗奈は脇腹をつんつんと突いてくる。意図はわからないが、嬉しそうにしているのは顔を見ればわかる。

「それにしても初日から派手だな。恐い先輩達に目をつけられるかもしれないぞ」

俺は麗奈のギャルスタイルに物申してみる。可愛いけど派手で目立ってしまいそうだ。麗奈が目立つと隣にいる俺も目立ってしまうからな。

「わかってないね七渡は。女社会は勝負だから、初日から派手にしないと逆に舐められるの。中途半端が一番駄目、途中から派手にしても何あいつって弄られる。だから初日から全力で、ありのままのあたしでいるの」

中学時の麗奈は校則を無視しまくっていたギャルだった。女子からは恐れられていて、男子も近づき難い感じになっていて少し浮いた存在だった。

「派手で目立つってことはわかりやすいアイコンになるってわけ。イケてるグループにも属せるし、周りからも舐められない」

女性社会は俺にはわからない高度なやり取りが初日から行われるみたいだ。駒馬高校は校則が緩く頭髪検査とかも行われないみたいなので、怒られる心配はなさそうだ。

「あれっ、こっちじゃないの？」

十字路で俺が麗奈と違う方向に進もうとしたので、呼び止められた。

「こっちの方が近道なんだよ」

「そっか……でも別に遠回りしてもよくない？」

「何で？」

「何でって、その方が七渡と二人で一緒にいられるからじゃん」

「えっ」

「じゃなくて、ちょっとまだ時間が早いからそんな急がなくてもいいじゃん！　わざわざ変な道行かないで大通り歩けばいいじゃん！」

顔を真っ赤にして背中を叩(たた)いてくる麗奈。結局、俺達は遠回りして学校へ向かうことになった。


駒馬高校へ辿(たど)り着くと、多くの新入生が壁に貼られたクラス表の前で群がっていた。

中学時とは異なり、知らない人が大半の高校のクラス表。喜んだり悲しんだりしている生徒は少なくて、結果を淡々と受け止めている。

だが、麗奈は緊張で身震いしている。手を胸の前で合わせていて同じクラスになれることを強く祈っているみたいだ。

「どど、どうしよう……七渡と別のクラスになっちゃったら超つまんないんだけど。そんなの絶対に嫌、まじで無理」

青ざめた顔で、あたふたと言葉を発している麗奈。

「麗奈、落ち着いてくれ」

「落ち着きました」

麗奈の両肩を摑むと、一瞬で硬直した。まるでロボットの電源を引っこ抜いたかのように制止した。

麗奈は何故か肩を摑んだり身体を押さえたりすると、顔を真っ赤にして硬直する。

その習性を生かして、麗奈が慌てていたり挙動不審になっている時は先ほどのように肩を摑んで落ち着かせてあげている。

「よっす、七渡と地葉。俺達やっぱり」

「うわぁあああ！」

俺達の元にやってきた中学が一緒の廣瀬一樹だが、クラス割の結果を告げようとしてきたので大声を出してかき消した。

「絶対に結果言うなよ、自分の目で確かめるから。空気読め」

「お、おう……」

一樹は笑顔だったので、良い報告だったのは間違いない。結果を察してしまったが、自分の目で確かめるまでは何も考えないようにしよう。

俺と麗奈はクラス表がはっきりと見える位置まで進む。一樹は俺達の後ろに立って口を手で押さえながら待っている。

「七渡ぉ……」

麗奈は俺を見つめて今にも泣きそうになっている。どうやらいち早く自分達の名前を見つけたようだが、もうちょっと喜びを見せるのは待ってほしい。

「嬉しい……本当に」

「待て、待つんだ！　俺はまだ見つけていない」

「あたし達同じクラスだよ。一年八組」

結局、自分で見つける前に麗奈が我慢できずに言ってしまった。まぁ同じクラスならこれ以上の喜びはないのだが……

一年八組のクラス表を見ると、俺と麗奈と一樹の名前が書かれていた。友達の三人が同じクラスという奇跡を目の当たりにして、少し目頭が熱くなった。

「こ、これって運命だよね？」

麗奈は感極まった表情で俺の背中をポコポコと叩く。俺は奇跡だと感じたが、麗奈は運命だと感じたようだ。

「同じクラスに中学が一緒の相田と小宮もいるから、どうやら俺達芝坂中は全員一年八組に割り振られたみたいだな。奇跡とか運命でもなく、そういう仕組みなんだろうな」

「うわー廣瀬、そんな冷静な分析ないわ。空気読んでよ、こっちは運命感じてんだから」

冷静な分析をした一樹に冷めた目を向けている麗奈。どうやらこのクラス割は偶然ではなく必然だったようだ。

「まっ、最高な結果だったのは間違いない。これからもよろしくな二人とも」

「だねだね、七渡」

新しい高校生活のスタートが友達と一緒なのは心強い。麗奈の震えも収まっている。

「えっ」

俺はクラス表に書かれていた城木 翼という名前が目に入った。俺の幼馴染と同姓同名とは驚きであり、とんでもない偶然があるものだなと思った。

まさか本人か……いや、翼は福岡に住んでいるはずなのでその可能性は無いか。

「何しとっとー早く教室向かうけん」

一樹が不自然な博多弁を話してくる。急な謎の言動に俺は困惑する。

「何で急に博多弁使ってんだよ、煽ってんのか？」

「さっきさ、博多弁を話している女の子がいたんだよ。それで、中一の時の七渡を思い出したんだ。あの時は七渡も少し博多弁を話してただろ？」

俺と一樹がバスケ部で出会ったのは中学一年生の時だ。その時の俺はまだ福岡から引っ越してきて二年だったこともあり、時折方言が出てしまうこともあった。

今ではすっかり標準語に慣れ、方言は出なくなったな。

いや、待て博多弁を話す女の子がいたって、それはまさか……

「いつまでもここにいると邪魔になっちゃうよ」

麗奈に背中を押されたので、クラス表の前から離れて一年八組の教室へ向かうことに。

階段を登って四階まで進むと、廊下の端に一年八組の教室があった。

やはり初日ということもあって教室には独特な雰囲気が漂っている。男子も女子もそわそわとしていて、緊張をほぐすためにスマホを弄っている生徒も多数いる。

イケイケギャルという表現が似合う麗奈は、教室に入るなり注目を浴びていた。駒馬高校は進学校だからか派手な生徒は少なく、ギャルの麗奈は目立っている。

高身長でイケメンな一樹も注目を浴びている。運動も得意ということで中学の頃から一樹はモテていたのだが、それは高校でも変わることはなさそうだ。

その二人に挟まれている俺もおまけで注目を浴びている。可愛い麗奈とカッコイイ一樹に挟まれていると、俺もイケメンっぽく見られるのかもしれない。恩恵というやつだな。

俺は女性に好かれる一番大事な要素である清潔感を意識している。男の容姿は髪の毛以外は手をつけられないので、清潔感を出すことに全力を注いでいる。特に何かしているわけではないが、常に清潔感あるぞっていう顔を見せるようにしている。

「名前の順だから席は離れ離れだね」

麗奈の言う通り、俺は天海で麗奈は地葉。一樹は廣瀬なので三人の席はそれぞれ離れている。俺は一列目で、麗奈は四列目で一樹は七列目。

俺はあ行ということもあり、右端の一番前の席である確率が九十五パーセントはあるのだが、幸いにも赤羽君がいたおかげで二番目だった。

何故か麗奈は俺の席に座って、周りを睨んでいる。何の主張をしているのかはわからないが、周囲に警告をしているようだ。

「初日から変なことは止めてくれよ。周りから危ない奴だと思われて、関わり辛くなっちゃうだろ」

「うるさいうるさい。七渡を変な目で見ないように初日から警告してるの。斜め後ろの女とか、七渡のことずっと見てるし」

麗奈の言葉を聞いて斜め後ろにいた女子を見ると、幼馴染の翼にそっくりな女の子が座っていた。俺と目が合うと、慌てて顔を下に向けてしまった。

えっ……まさか、本当に翼がいるのか……席の場所的にも城木翼のさ行のポジションだな。これはヤバい。

ちょっと待って、そんなことある？　幼馴染が引っ越してきて、同じ高校で同じクラスとかそんなことありますか？

「……翼？」

俺は思わず翼の名前を呼んでしまった。現実を受け止められない脳と、目の前の現実を受け止めている目が頭の中でぐちゃぐちゃとしている。

「七渡君……」

俺の問いかけに、恥ずかしそうに返答した女の子。おいおい嘘だろ——

◇翼◇

私には好きな人がいた。

物心がついた頃からずっと隣にいた幼馴染の天海七渡という人。

常に何かしているような落ち着きがない人で、おしゃべりでいつも話しかけてくれて、負けず嫌いでゲームとかでは勝つまで続けてて……

目を閉じれば、七渡君の姿が浮かんでくる。見ているとこっちが元気になれる笑顔や、優しくしてあげたくなる困り顔に、応援したくなるような真剣な顔。

私にとっては一番大切な人で、ずっと一緒にいたいと思っていた。

その気持ちを両親に伝えたところ、お父さんはその日の夜に七渡君を私の許嫁（いいなずけ）にしてくれた。

ただの口約束だけど嬉（うれ）しかった。七渡君と離れるのが怖かったから、何かしら私と七渡君を結ぶ形が欲しかった。

でも、七渡君と許嫁となると、私は恥ずかしさが湧き出てきて上手（うま）く話せなくなった。十歳にもなって異性というものを少し意識してくる年頃であることも重なってしまい、緊張や気恥ずかしさが襲ってきたのだ。

それは七渡君も同じだったのか、あまり私の傍（そば）にいてくれなくなってしまった。

ずっと一緒にいたいから許嫁になったのに、逆効果になっていた。でも、いつかはちゃんと上手く向き合えるようになるって信じていた。

でも、その希望も打ち砕かれてしまう。

私達が小学五年生の時に七渡君は東京に引っ越してしまい、離れ離れになってしまったのだ。

一番恐れていた事態が起きてしまった。

そこからはまるで世界に一人取り残された気分だった。中学生になって部活に入って友達ができたりしても、ずっと心は空っぽな感じ。

忘れようとしても忘れられない。時間が経てば解決してくれると思ったけど、何も心境が変わることはなかった。

私は諦めた。七渡君を諦めることを諦めた。

中学三年生にもなると、どうやって会いに行くかばかり考えていた。

そんな私の背中を押してくれるかのようにチャンスが訪れた。

お姉ちゃんが大学進学と共に東京に行き一人暮らしを始めると聞いたので、私はお姉ちゃんに頼んで同居させてもらい東京の高校に進学することに。

環境が変わることは想像以上に怖かったけど、その不安よりも七渡君にもう一度会いたいという気持ちの方が強かった。

そして今、目の前には七渡君がいる。

夢が叶う瞬間というのは、意外と冷静になれるものだと気づいた。

「知り合いなのか？」

七渡君は友達の問いかけに黙って頷いている。緊張しているのか、私が見つめても目を合わせてくれない。それが、ちょっと寂しい。

「小学校の時に一緒だったとかか？」

「幼馴染」

「えっ!? 前に言ってたあの許嫁だった幼馴染!? 七渡の妄想じゃなかったの!?」

「馬鹿っ、それは言うな！」

友達の身体を大きく揺さぶっている七渡君。私の話は友達にちゃんとしてくれていたみたいで嬉しい。なかったことにされていなかったんだ……

「……ちょっと、どういうことなの七渡」

何故か怒っている七渡君の友達だと思われる女性。七渡君の机の脚を蹴り、周囲の生徒をビビらせている。

都会のギャルというか、派手でオシャレな目立つ人。地味な私とは正反対の存在で、見ていて凄く頭がモヤモヤしちゃう。

あの人は誰なんだろう……七渡君のことを名前で呼んでいるのが気になるな。

「あ、あのだな、まぁなんというか、その、そういうことだ」

「ぜんぜんわかんないんだけど」

　女性に睨まれてあたふたしている七渡君。七渡君の表情や仕草とかは何にも変わってない。七渡君は七渡君のままなんだと気づくと嬉しくなる。

「つまり、あれはあの、これはこれで……端的に言えばそういうことだ」

「あんさー七渡って何か後ろめたいことある時、そうやって誤魔化(ごまか)そうとしてくるよね。はっきり言ってくれないとわかんないんだけど」

　七渡君が追い込まれ過ぎて顔が青ざめている。可哀想(かわいそう)で見ていられない。七渡君にそんな顔をしてほしくない。

「あ、あの……七渡君が困ってるから」

「は？」

　私は勇気を出して困っている七渡君と女性の間に割って入ったのだが、女性に睨まれてしまう。恐(こわ)いけど、その恐怖よりも七渡君が大事！

「翼、麗奈は俺の友達だから。地葉麗奈」

「う、うん……」

　七渡君は女性の前に回って、私に関係性の説明をしてくる。

　距離感的に恋人ではなさそうだと思っていたけど、友達だったみたいだ。七渡君に恋人

ができていたらショックだったから友達で本当によかった。

「……七渡に近づかないで」

七渡君に聞こえないように耳打ちしてきた女性。

その冷たい言葉に背筋がぞわっとする。冗談ではなく警告のようなトーンだった。

けど、七渡君に近づかないでほしいのはあの人の方だ。

七渡君を困らせるような人は許せないもん――

＋七渡＋

まるで時間が巻き戻ったかのようにあの頃と変わらず隣に立っている翼。

変わらない長くて綺麗な黒い髪と眼鏡姿で、当時の雰囲気を保っている翼。全身を見ると、女性らしく成長はしているようだが大きく変わったところはない。

「翼、どうしてここに？」

「ちょっと前に福岡から引っ越してきたの。七渡君のお母さんから進学先とか聞いて、同じ高校に進学したの」

何にも聞いてないいんですけど！　帰ったら母に問い詰めよう。

「ウチのこと覚えとってくれたんだね……本当に嬉しい」

こぼれ出ている博多弁が、翼の存在をさらに強調している。本当に引っ越してきたようだな……夢でもなさそう。

「っ」

露骨な舌打ちをしている麗奈。俺に怒るのはわかるが、翼の方を向いて舌打ちは勘違いされるので止めてほしい。

「誰なの？　ちゃんと説明してって」

麗奈が俺の服の裾を掴みながら問い詰めてくる。

「俺さん、福岡出身って言ったじゃん？　彼女はその時に隣の家に住んでいた幼馴染の女の子である城木翼さんです」

「ふ〜ん……そっ」

麗奈は複雑な表情で俺の話を聞き、その後は何故か翼のことを睨んでいる。

こんなことになるとは微塵も思っていなかったので、入学初日と相まって大混乱だ。周囲の生徒も、俺達のやり取りをまじまじと見ているし……

「また一緒にいられるね、七渡君」

翼のおっとりとした声に耳が癒される。だが、麗奈が座っていた椅子を大きな音を出して戻しながら自分の席に向かっていったため、俺はざわざわとした気持ちになってしまう。

教室も静まり返って、何だか申し訳ない感じになる。

「これは……波乱が起きそうな感じだな」

ニヤニヤしながら話す一樹。他人事(ひとごと)なので気楽でいるようだが、俺は俺でどうしていいのかわからない。

「席つけ～」

この雰囲気をぶち壊すように担任の先生が教室に入ってきた。それを見た生徒達はぞろぞろと自分の席に戻っていく。

担任の先生が自己紹介を始めたのでなんとなく後ろを振り返ると、何故か俺を見つめていた翼と目が合ってしまった。

そして、さらにその奥に座っている麗奈にも見られていた。どうりで背後が気になったわけだ。無意識ではなく、どこか視線を感じていたようだ。

先生の説明を聞き終え、生徒は入学式が行われる体育館へと向かうことに。

一樹と麗奈は廊下側に座っている俺の元にやってきた。

翼が俺のことを見ていたのでそちらに向かおうとしたが、麗奈に腕を掴まれ用事があるんだけどと呼び止められる。

翼は前に座っていた陽気な女の子に声をかけられたため、俺への視線を外した。

「三人で行こっ」

麗奈に足を軽く蹴られ、廊下へ出ることに。

「何で麗奈は怒ってんだよ」

自分の髪をちりちりと弄りながら不機嫌そうに歩く麗奈。ギャルという容姿も相まって恐い雰囲気になっている。

「別に怒ってないし」

怒ってないとは口にしているが、中三になってから毎日顔を合わせている普段の麗奈とは異なっていることは明白だ。

「一樹、麗奈は怒ってるよな？」

「俺にはわからん。地葉は七渡以外には常にあんな感じだし」

一樹の言葉を聞いて麗奈と出会った頃の記憶が蘇った。あの頃は確かに俺にも無愛想だったし、教室でも周囲を寄せ付けないような恐さがあった。

麗奈に勉強を教えてと頼まれ九ヶ月ほど一緒に受験勉強した結果もあり、今では麗奈とは仲の良い友達となった。だが、相変わらず周囲には冷たいみたいだ。

「何なの、あの城木翼って女は？　何も聞いてないんだけど」

前を歩いていた麗奈が振り返ってきて、一歩詰め寄ってくる。

「幼馴染だよ」

「それは聞いた。でも廣瀬は許嫁とか言ってた。まじで意味わかんないんだけど……そもそも、この時代に許嫁とかある？」

「小四の時に互いの父親が冗談半分で言っただけだよ。俺の両親は離婚して父親はどっか行ったからさ、もうその話は無かったことになってる」

特に許嫁は解消です、と宣言されたわけではないが、きっとあの話は消滅したはずだ……してるよね？

「も～何なのよ」

麗奈は顔を下に向けて再び前を歩き始める。

「前にもこんなことなかったか？　ほら、中原が俺達の前で七渡の元カノの須々木の話をした時」

「あー……あったな」

俺が中二の時に三日間だけ付き合っていた須々木さん。速攻で振られてしまったため、俺の黒歴史となっている。お察しください。

あの話を聞いた時の麗奈も、今のように不機嫌になっていた。怒っていないとは言っていたが、明らかに怒っていた。

そっか……俺は嘘をついたことになったのか。あの時に麗奈から他には誰とも付き合ってなかったかと聞かれて、もういないと答えた。でも、今は許嫁がいたことを知られた。

俺の中では翼は元カノというよりも、幼馴染という感覚が強かっただけに自分の中では付き合っていたという扱いをしていなかった。

翼は妹みたいな存在であり、兄妹のような関係だったしな……

「ごめん麗奈、小学校の時の話は勝手に自分の中でノーカウントにしてた」

「……許す。かもしれない」

やはり俺が嘘をついていたことに怒っていたみたいだ。嘘ついてたじゃんと素直に言ってくれればいいのにと思うのだが、麗奈は自分の気持ちを言わない傾向がある。

「今度さ、飲み物でも奢ってね」

「今日は授業も無くて早く終わるみたいだから放課後は？」

「行く行く、も〜七渡めっちゃだいす……め、めっちゃ良いやつ、すげーやつ」

誠意を示すために今すぐにでもという姿勢を見せた結果、麗奈はパッと表情を明るくさせて俺との距離を詰めてきた。

「あれれ〜この前、七渡が無くしたスマホを探すの手伝った時に今度飲み物奢れよって僕も言ったぞ〜」

「ぎくっ」

コ◯ン君の真似をして過去を掘り返してくる一樹。気づいてほしくないところに気づかれてしまった。

「じゃあじゃあみんなで行こう、みんなでいると楽しいし」

前を歩く麗奈は振り返って、俺と一樹を見ながら笑顔で提案した。

その陽気な笑顔には癒されるし、みんなでいると楽しいという言葉が、今この瞬間を生きることができていて良かったという充実感を味わわせてくれる。

「おい、麗奈後ろっ！」

俺の注意は間に合わず、後ろ向きで歩いていた麗奈は前で立ち止まっていた別の生徒にぶつかってしまった。

「あっ」

バランスを崩した麗奈が俺の胸に飛び込んできたので、慌てて両腕を掴んで支えてあげることに。

その際に、麗奈の身体を支えた俺の腕が大きな胸に軽く当たってしまった。他では味わえないムニっとした感覚だったので、少し胸が高鳴った。

「あ、ありがと」

麗奈は頰(ほお)を赤く染めたまま離れていく。転びそうになって恥ずかしい気持ちになってしまったのだろう。

麗奈は俺にとって気の合う信頼できる友達だ。だが、唯一困る点と言えば、女性として魅力的過ぎることだろう。友達として見ていたいのに、麗奈の姿を見てはたまにエッチで失礼なことを考えてしまう。

女性として意識しないというのは無理がある。去年は受験に集中するため、お互いに見えない心の壁を作っていた。

だが、高校生となった今では、その壁はもう無い。

実際に形となっているわけではないが、はっきりとその壁は無くなったのだと明確に意識が変わっている……少なくとも俺の中では。

やはり異性の親友は成立しないのだろうか、それとも単に俺に女性への免疫が無いからなのだろうか……

麗奈は親友。その親友よりも関係が昇華した先には何が待っているのだろうか——

◇翼◇

七渡君と再会できた。

今はまるで夢の中にいるみたいにふわふわとしている。紐(ひも)で繋(つな)がれた風船のように、気を緩めると空高くまで飛んでいってしまいそう。

五年ぶりに会う七渡君は私よりも身長が大きくなっていて、声も変わっていた。私の知らない七渡君になっていたのだ。

でも、七渡君を見るとドキドキしてしまう私は、あの頃の私と何も変わらない。

あの頃みたいに恥ずかしさで仲良くできないのは嫌だな……今度はちゃんと向き合って七渡君と一緒の時間を大切に過ごしたい。

「ねーねー一緒に体育館行こうよ」

七渡君の元に向かおうとしたら、前の席の柴田柚癒(しばたゆずゆ)さんに声をかけられた。

「うん。いいよ」

私は柴田さんの誘いを受けることに。いきなり七渡君の周りをうろちょろするのは七渡君も困っちゃうだろうし、少しずつ距離を詰めていこう。

今はまだ、七渡君に話しかけることすら恥ずかしい。ずっと心の中で想いを膨らませていた相手だし、ドキドキし過ぎていて胸が熱い。

「どうぞご覧ください」

柴田さんは急に阿波踊りみたいな独特な動きを見せる。私の顔を見ていて明らかにツッコミを待っているようだ。

「何しとっと？」

「出たー博多弁萌える！　やっぱり九州から来たの？」

テンション高めに絡んでくる柴田さん。少しテンションが高くて変わっているところもあるけど悪い人ではなさそうだ。

「うん、福岡から来た」

「そっかー珍しいね。柚は柴田柚癒っていうの。よろしくねー」

「よろしくね」

やっぱり東京では博多弁って目立つみたいだ。早く標準語に慣れないと、これからいっぱい恥ずかしい思いしそう……

「あの三人組と知り合いなの？　朝に何か絡んでたみたいだけど」

「ウチの斜め前の天海七渡君は幼馴染で、隣の家に住んどったの。他の二人は七渡君の友達だから知り合いじゃないよ」

「そっかー、あの高身長の人カッコイイよね？　ヤバくない？」

「そ、そうだね」

どうやら柴田さんは七渡君の友達に注目しているみたいだ。高身長で整った顔立ちをしていたけど、私はやっぱり七渡君が一番カッコイイと思う。

それは思い出補正なんかではない。だって私は七渡君の容姿だけではなく、性格や行動原理を知っているから。さっきも廊下へ出る時に、タイミングが重なりそうな女子生徒に気づいてお友達の手を取って少し立ち止まっていた。そういうところ、私は全部見ている。

「え、待って、というか福岡の幼馴染と東京の高校で再会とか凄くない？　もしかして大好きな幼馴染を追ってここまで来たとか？　忘れられない初恋とか？」

「あー……元々、東京に進学したい気持ちもあってね。たまたまだよ」

柴田さんにズバリ的中されてしまったが、恥ずかしいので自分の想いは隠した。

でも、まさか同じクラスになれるなんて……これって運命だよね？　いや絶対に運命だと思います。私と七渡君は運命の赤い糸で結ばれている。それはもう七十本ぐらい。

「そかそか。でも安心したよ、天海君ってあの恐そうなギャルの人と仲良さげだったじゃん？　あれはきっと付き合ってると思うし、週二でキスしてそう」

「えっ⁉　やっぱり付き合っとるの？」

「どだろ？　柚の予想の範疇ではあるけど……ってかめっちゃ必死じゃんか〜」

私の焦り具合に少し引いている柴田さん。七渡君のことになると理性が利かない。

七渡君の隣に居座る地葉さんという女性……友達とは言っていたけど、見ていて七渡君はあの人に振り回されているような感じだった。

小学四年生の時だったかな……近所に住むギャルみたいな女子高生のお姉さんに七渡君がお金を渡しているところを目撃した事件があった。

私が七渡君の両親にそのことを報告すると、七渡君はこっぴどく叱られていた。

何があったかは詳しく聞いていないんだけど、お母さんは女子高生の方がそそのかしたみたいで七渡君はあまり悪くないと言っていた。

あの日以降、七渡君は女子高生やギャルを見かけると私の背後に隠れていた。

そんな七渡君が今はギャルの女子高生と友達になっている……もしかして何か弱みでも握られているのかもしれない。あの時のようにお金を取られているかもしれない。

また私が七渡君を助けないと。このままじゃ七渡君がストレス過多でグレてしまうかもしれない。この前ドラマで見た池袋のカラーギャングみたいになっちゃうかも……

「てっかてか、幼馴染なら聞いてみればよくない？　というか幼馴染の恋人事情とか知らないの？」

「……当時はスマホを持ってなかったこともあって、離れ離れになってから七渡君と連絡はとってなかったんだ。だから、今の七渡君の状況は正直わかんない」

小学五年生までの七渡君のことなら私が一番詳しいと思うのだけど、そこからの七渡君のプライベートなことは何も知らない。

直接聞くってのも少し恐いな……彼女いるのなんて聞いたら変に思われるかもしれないし、いるって答えられたらショックで七年ぐらい寝込みそう。

「そっか……なんか大変だね。でも、愛に障害はつきもの。柚は翼ちゃんを応援するよ。フレーフレー翼、ガッツだファイトだ翼、頑張れ頑張れ翼」

いきなり体育祭の応援団のような真似をする柴田さん。気持ちは嬉しいんだけど、ちょっと周りの目が恥ずかしい。

「ありがとう柴田さん……って、別に愛とか恋とかの話じゃないよ！」

「申し訳ないけど、わかりやす過ぎです。三秒で幼馴染のことが好きなのわかった」

「うぅ……恥ずかしい」

好きの気持ちが顔に出ていたのか、柴田さんに私の恋心が見抜かれてしまっていた。

「てかてか、柴田さんじゃ駄目。名前で呼んで」

「じゃ、じゃあ柚癒ちゃん」

「そうそう。柚達はもう友達だよ。ゴーゴーゴー」

イイネと言いながら親指を立てて笑顔を見せる柚癒ちゃん。東京に来て初めてできた友達となった。

柚癒ちゃんみたいな陽気な性格は憧れる。私は少しネガティブなところがあるし、弱気な性格もあるからな……

体育館の入り口に着き、上履きから体育館履きに履き替えることに。

「あっ」

履き替えている時にバランスを崩してしまい後ろへ倒れそうになるが、背後にいた女子生徒が背中を支えてくれた。

「ありがとうございます」

お礼を述べるとどういたしましてと笑顔で返された。

「翼ちゃん、ドジっ子じゃん」

「あうぅ……」

上履きを履き替えるだけで転びそうになるなんて恥ずかしい。柚癒ちゃんにドジっ子と馬鹿にされても致し方ない。

子供の時からずっと鈍くさいからな……それが少しコンプレックスでもある。

「天然っぽいところもあるし可愛いね」

「いやいや……中学の時、鈍くさくてうざいとか言われたし、情けないと自覚しとるよ」

「そうかな？　男子とかはそういう子の方が好きなんじゃない？」

「ただし可愛い子に限るってやつだよ」

クラスの可愛い子はドジってもみんなから温かい目で見られていたけど、私は冷ややかな目を向けられていた記憶が蘇る。

「まー柚も天然なところちょっとあるから安心しなって。この前も唐揚げにレモン絞ってかけようとしたら唐揚げ絞って出た油をレモンにかけちゃったし」

柚癒ちゃんがドン引きエピソードを口にしている。

「それは天然じゃなくてアホに近いかも」

「酷い！　そこまで言わなくても！」

「ごめんごめん、もっと言葉選ぶべきだったね」

「天然だからって容赦ない！」

膨れながら背中をポコポコと叩いてくる柚癒ちゃん。距離感が近いのかボディータッチも躊躇なくする人だ。

「ねーねー放課後、一緒にどっかでお茶しよ？」

「いいの？」

「もっちーだよ。翼ちゃんと話すの楽しいし、気になるとこいっぱいあるし」

仲良くなった柚癒ちゃんと放課後に遊ぶ約束を交わす。

七渡君とも話したいことがたくさんあるけど、初日からがっつき過ぎるとうざいと思われちゃうかもしれないから今日は柚癒ちゃんと楽しく話そう。

焦らなくていい。もう七渡君は遠くじゃなくて近くにいるんだから——

∞麗奈∞

あたしの高校生活が始まった。

体育館では入学式が行われているが、興味は無いので爪を磨くことに。スリスリ。

校長先生が夢や目標に向かって努力する高校生活にするようにと話している。

特に夢や目標なんて無いし、高校では何かを成し遂げようという意気込みもない。

高校では平穏に過ごして、七渡と一緒に少しでも良い大学に行ければそれでまんまん満足で万々歳。

まっ、最悪隣に七渡がいればいい。それ以上の望みはないの。

ずっと仲良く友達で……七渡がどうしても付き合いたいと言うのなら、あたしもその要求には応じたいと思う。

七渡が中学生の頃は誰とも付き合う気はないと言っていたけど、高校生になって気が変わり彼女が欲しくなるかもしれない。というかそれが一般的なはず。

その時が来たら、一番距離の近いあたしが必然的に恋愛対象になるよね？

そんなベストなポジションであたしはいたかったんだけど……この小さな願いさえも脅かされてしまう。

突然現れた、七渡と幼馴染の城木翼。しかも元許嫁とかいうふざけた過去もある。

てーか許嫁ってなんだし、時代遅れもいいところ。七渡が資産家の息子とかだったらそんなこともあるかもしれないけど、一般家庭で許嫁とかふざけんなだし。

あの女の七渡を見る目は、明らかに好意でいっぱいだった。七渡は子供の頃の話だからと冷静に話していたが、あの女はガチで許嫁の過去をもう一度形にしたそう。

意思を覗いたわけではないので確信を持ってはいないが、七渡のことが好きである可能性は限りなく高い。

きっとこれから、この高校生活で積極的に七渡と絡もうとしてくるはず。そう考えるといてもたってもいられない気持ちになってしまう。

まぁ眼鏡の地味女、とても可愛いとは言えない田舎娘だったのは幸いだった。

けど、どこか七渡が遠くに行ってしまうような気がして、あたしは凄く不安になる。

油断はできない……七渡と適度な距離を保ち続けるのではなく、少しは詰めていった方が良さそうかも。積極的に動かなきゃいけないなんてあたしのプランが総崩れだ。

七渡は譲らない……あたしは七渡の傍にずっといたいから。

それにあたしは七渡へ恩を返していかなきゃならない。

あの日、七渡と出会ってなければあたしは腐っていたはずだ。自暴自棄になって今頃は傷だらけの女になっていたかもしれない。

七渡のおかげで楽しく生きることができるようになって、勉強も教えてもらって進学校に合格することもできたんだ。

恩人でもある七渡には、あたしの全てを捧げてあげたい——


入学式が終わり、七渡と廣瀬と一緒に体育館から教室へ戻る。

それにしても、まだ少し身体が熱い……

体育館に入る前に背後の人に気づかずにぶつかってしまい、七渡に支えてもらった。

正直、あたしは頑張れば一人でバランスを保つことができた。けど、七渡に触れて欲しいがためにあえてバランスを崩したふりをした。

高校生にもなって流石にちょっとしたことで転んだりはしない。小学生じゃないのだから自分の身体の支え方はわかっている。

でも、あたしがそんなことをしたのはきっとあの地味女にどこかモヤモヤしていて、七渡に触れてもらって安心したかったからに違いない。

バランスを崩したふりをした結果、両腕を摑んでもらって七渡に触れてもらえたし接近もできた。それだけでも、あの瞬間は凄くドキドキした。

あたしはピュアなわけじゃない。キスとかセックスとか聞いても恥ずかしいとか思わないし。でも、七渡に触れられたりすると胸の鼓動が極端に高鳴ってしまう……

「麗奈、教室はあっちだぞ」

「は、はいっ」

急に七渡に声をかけられたので変な声が出てしまった。恥ずい。

「どうした、急に改まって」

「ごめん、考え事してた」

七渡の声に耳が癒される。性格も容姿も声も全部好きだよ〜。

呼び止める。

七渡は何かに気づき歩く方向を変える。その視線の先には例の田舎娘がいたので慌てて
「あっ」

「どこ行くの？」

「えーっと、その……」

はっきりと七渡が理由を口にしないのは何か後ろめたいことがあるからだろうか……

「幼馴染のとこに行きたいのか？」

「そう、急に再会したから聞きたいことがいっぱいあって」

困っている七渡に助け舟を出した廣瀬。その舟をあたしの豪華客船で覆いこむことに。

「別にそんな慌てなくても同じクラスなんだからこれからいっぱい話せるでしょ」

「まぁ……そうか」

歩く方向を変えた七渡を呼び戻す。ちょっと意地悪だけど、あたし以外の女に興味を持たれるのは嫌な気持ちになる。

「でもやっぱ気になる」

「だめ」

歩こうとした七渡の腕を引っ張ってしまう。自分からとはいえ、七渡に触れるのは緊張

する。この腕で、あたしの色んなところに触れてもらう予定だからかな……

「な、何でだよ」

「そりゃだって、その……今はあたし達といる時間じゃん」

「俺達だって同じクラスなんだからこれからいっぱい話せるだろ」

またまた廣瀬の助け舟。それはあたしの豪華客船では防ぎきれないノアの箱舟であり、あたしが手を放すと七渡は田舎娘の方に向かってしまった。

「……うざいんだけど」

あたしは廣瀬を睨(にら)む。あたしが我儘(わがまま)言っているのは理解しているが、田舎娘に肩入れしてくる廣瀬はムカつく。がるる！

「あんまり露骨に引き留めると七渡に嫌われるぞ」

「わかってるっつーの……でも、それでも嫌なの」

「あの幼馴染に怯(おび)え過ぎだ。そんな一朝一夕で七渡がどうにかなったりしないだろ」

廣瀬の言う通り、ここで無理やり引き留めなくても何かが大きく変わるわけではない。

あたしと廣瀬は少し七渡の元に近づき、会話が聞こえる距離まで詰める。

「翼、天気良いね」

「そ、そだね」

　お互い顔を赤くしてしょうもない会話をしている二人。初々しい感じが見ていて鼻につく。あたしに見せない顔を他の女に見せないでほしい。

「調子はどうだ？」

「元気だよ」

　あまりの内容の無い会話に思わず舌打ちをしてしまう。田舎娘の隣にいるクラスメイトの女がボクシングのセコンドのようにエールを送っているのを見て、さらに舌打ちが出た。

「ほらな、会話してても特に何が起きるわけでもないだろ？」

「でもでも、めっちゃ不快なんだけど」

「独占欲強いな。付き合っているわけでもないのに……」

　廣瀬の言葉が胸に突き刺さる。そう、あたしは七渡と付き合っているわけではないので文句を言える立場でもない。

　ただの嫉妬。傍から見たら滑稽かもしれない。でも、将来的には付き合う予定だし。

「そういや、卒業式の時に知らないクラスメイトの男子と地葉が話していたら、七渡も同じようにイライラしていたな」

「うそーん!?」

　七渡もあたしに嫉妬してくれてたの？　まじヤバい！　好き好き大好き。

「もー七渡ったら、そういうの普段見せないくせに～」

「見せないようにしてんだよ。本当は言いたくなかったけど地葉がイラついてて面倒いから特別に教えたんだ」

廣瀬の言葉は今なら理解できる。七渡には前にもあたしみたいな友達のように仲が良い女子がいたんだけど、付き合い始めて三日で別れたという話を聞いた。

それがトラウマになっているのか、あたしとは適度な距離を保とうとしている。

あたしもその方針に従って距離を保ってあげている。ずっと友達として傍にいてくれるのならそれで幸せだし。

でも～今はあの田舎娘のせいで距離を詰めたくなっているあたしがいる。

「七渡君とまたこうして話せるなんて……本当に嬉しいよ」

「そっか。俺も嬉しいよ」

並んで歩く七渡と田舎娘。田舎娘の幸せそうな顔ったらまじで憎たらしい。

「見ていてもイラつくだけだ。七渡は何も変わらないから切り替えろよ」

「そうね。冷静に考えればあたしの方が可愛いし、あんな田舎娘に七渡が惹かれたりしないか」

「そうだそうだ。無理やり身体でアピールとかされない限り七渡は揺らがない」

二人が階段を登り始め、あたし達はその後ろを距離を空けて歩く。話していて歩くスピードが遅かったため、他の生徒は先に教室へ戻っていて人通りは少ない。

「きゃっ」

田舎娘は階段で躓（つまず）きバランスを崩す。そのまま七渡の腕にしがみつき、その場に尻餅をついて倒れていく。

巻き込まれて倒れた七渡は田舎娘の胸の間に挟まれている。

は？　意味わかんない意味わかんない、高校生であんな転び方する？　ぜったいわざとでしょあれは！　身体使って七渡を誘惑してんじゃん！

あたしも似たようなことしたけど……でも、触れてもらうだけであんな密着とかしなかったもん。ふざけんなし！

「無理やり身体でアピールしてきてんじゃん！」

あたしは廣瀬に怒る。廣瀬は何も悪くないけど、このイライラを誰かにぶつけたい。

「……事故だろ」

「いや普通、あんなジャ○プのエロ漫画みたいな転び方する？」

事故とは言っているが廣瀬も手で顔を覆っている。

「ご、ごめん七渡君～」

「俺は大丈夫だよ。むしろ翼に怪我は無いか？」

「ウチも大丈夫だよ」

立ち上がる二人。七渡は顔を真っ赤にしておどおどしている。蹴りたい。

「ごめんね本当に……ウチずっとドジで」

「相変わらずだな。翼は子供の頃から天然っぽいとこあったし」

「う～恥ずかしいよぉ」

まじでイライラする。天然とか鈍くさいこと言い訳にしているだけじゃん。

できないのが可愛いと思っている女があたしは大嫌いだ。何もできないあたし可愛い～とか自分に酔ってるだけ。そういうの見てて本当にイライラする。

きっと天然を利用して七渡に肉体的接触を求めたに違いない。あの田舎娘、思ったよりも策士なのかもしれないわね。初日から本気で七渡を奪いにきてるかも。ざけんなし。

「何か場違いなこと言ったり、何か間違ったことして、あたし天然だから～って言い訳する女はろくなやつじゃないよね？　馬鹿であることを天然って言葉にして、可愛く見せているだけだし。ただの怠慢」

思い出したら腹立ってきた。中学生の時に家庭科の調理実習で、砂糖と塩を間違えて、あたし天然だから～とか言ってた女。周りの男子も笑いながら、天然だからしょうがないなとか許しちゃってさ。

「地葉よ、顔が怖いぞ」

「天然言い訳女は極悪。ただの何も考えていないボケっとした女なの」

「……天然な女に身内でも殺されたのか？」

あたしの愚痴にドン引きしている廣瀬を見て、少し冷静さを取り戻す。

「文句あんの？」

「地葉は相変わらず性格がキツいな。七渡の前でだけ猫かぶり過ぎだろ」

別に七渡の前では猫をかぶっているわけではないし……にゃんにゃん。七渡以外はどーでもいいから、他には冷たく見えるだけ。

「性格良かったらギャルなんかやってないし」

急用ができたと言って七渡をあの田舎娘から引き剝がそう。もう我慢できないし。

「おい、何しに行くんだ？」

「七渡を迎えに行く」

「穏便に頼むぞ……」

「穏便に済むかはあの田舎娘次第っしょ？」

あたしは自己中心的な女だ。性格も悪いのかもしんない。

　でもさ、自分の人生なんだし自分が中心にならなくてどーすんのさ——

＋七渡＋

翼が階段で躓き転んでしまった。俺も巻き込まれて倒れる羽目に。

翼は子供の時に転んで泣いてしまうことが多かった。その癖は今も変わらないらしい。

だが、大きく変わっていた点があった。

それは胸の成長である。先ほど倒れた時に自分の頭が翼の胸に包まれてしまったが、そこには俺の知らない翼がいた。

柔らかい感触、暖かな温（ぬく）もり……思い返すだけで恥ずかしくなるな。

「何でこのタイミングで引っ越してきたんだ？　やりたいことでも見つかったのか？」

俺は隣を歩く翼に声をかける。先ほどまでは緊張していたが、翼が小学生の頃と根は変わっていないことが伝わったので、少し緊張が解けていった。

妹みたいな存在である翼に緊張は必要無い。むしろ、上京してきたばかりの翼に心配な面が増えてきて、色々と面倒を見てあげなきゃと冷静になっている。

「それは、そのね……」

翼は冷静になれた俺とは異なり緊張しているのか、顔を赤くしていて俺とあまり目を合わせてこない。

「……やっぱり内緒。でも、元々は大学進学と共に上京したいって思ってたから、それが少し早まっただけだよ」

「そっか。でも驚いたよ、まさか高校で同じクラスになるなんて」

奇跡なのか運命なのかは知らないが翼は再び俺の前に現れた。

そこにはきっと何か意味があったりするのだろうか——

「七渡っ」

呼ばれて振り向くと麗奈が膨れた顔をして後ろに立っていた。

「どうした麗奈？」

「急用ができた、ついてきて」

「わかった」

何故か少し怒っている麗奈。体育館から教室へ戻る間に急用なんてできるかなと疑問に思いながらも、断ると恐そうなので翼とはここで別れるか……

「ちょっと待って七渡君」

歩こうとする俺の腕を掴む翼。その翼の顔も何故か少し恐い。

「どういうつもり？」

「……急用って何ですか？」

「何で関係ないあんたに教えなきゃならないの？」

「七渡君のことはウチにも関係あります」

翼を睨む麗奈と、それに屈せず麗奈と向き合う翼。

二人の視線の間にはバチバチと音が鳴っている火花が見えてきそうだ。

何故二人の雰囲気はこんなに悪いのだろうか……人間関係には相性というものが存在するが、二人の相性が良くないのかもしれない。火属性と水属性みたいに。

このままでは二人の間に原因不明の争いが勃発してしまう可能性があるので、俺が二人の間へ入ることに。

「ごめん翼、麗奈が俺に用事あるみたいだから先に教室戻っててくれ」

「うん……わかった。何かあったら相談乗るからね」

「お、おう」

何故、翼がこんなにも深刻な表情をしているのかはわからない。もしかしたら麗奈の見た目が派手なギャルのため、不良に絡まれているとでも思われているのだろうか……

「待たせたな麗奈」

俺が振り返ると、そこには幸福な笑みを見せて満足気な様子の麗奈の姿があった。

思わず宝くじでも当たったのと聞いてみたくなるような笑顔。先ほどまでの恐い表情は遥か彼方に飛ばされていったようだ。

「七渡～こっちきて～♪」

何故かリズムに乗せて俺を手招く麗奈。ご機嫌過ぎて逆に恐いのだが……

「急用って何があったんだ？」

「このスマホの電源の切り方ってどーすんだったっけ？　教室で音鳴ったらヤバいし」

「前も教えただろ、ここここを長押しだよ」

俺は麗奈のスマホを手に取って電源を切ることに。

「ありがと。機械得意なの頼りになるね」

「……用ってこれだけか？」

「まぁ、その……うん」

少し心苦しそうに頷く麗奈。別に教室へ着いてからでも遅くはないので急用ではなかったように思える。

「深刻な表情してたからもっと大きな用事があるのかと思ったよ」

「怒った？」

「怒ってない。困ったらいつでも頼ってくれよ」

「うんっ！」

麗奈の嬉しそうな笑顔が可愛い。他の人には素っ気ないけど、俺にだけ見せてくれるこの笑顔には流石に心動かされるな――

▲

放課後になり、一樹と麗奈とコーヒーチェーン店のスタバへ行くことに。

翼とゆっくり話もしたかったが、今日は麗奈に飲み物を奢る約束をしていたのでそちらを優先した。翼も前に座っていた柴田さんという女性と一緒に帰っていたので、何か用事があったのかもな。

「七渡さー高校でもバスケすんの？」

隣を歩く麗奈が声をかけてくるが、何故か普段よりも距離感が近い気がする。

「バスケも部活もするつもりないよ。中学の時の顧問厳しかったから、もう部活とかしたくないって思ってる」

「そ、そうなんだ」

スポーツ自体は嫌いではないが、それが厳しい顧問によって辛い時間になると無理やりやっている感じがしちゃってつまらなくなるからな。

プールの授業で泳がされるのは嫌だけど、自由時間は楽しいのと一緒だろう。泳ぐこと自体は好きだが、泳がされるのは好きじゃない。

「もう七渡の応援が聞けないなんて悲しいな」

「おい一樹、俺が試合出られなくて応援ばっかしてたのを思い出させるな」

試合に出られないと応援しなきゃいけなくなるのはバスケ部あるあるだからな。地味に他の部活よりも応援に力入れるからな。

「七渡って運動神経良さそうな顔つきはしているのに、そうでもないのが面白いよね。去年の中学での体育祭もぜんぜん活躍できてなかったし」

「俺のディスり大会始めるな」

麗奈にも馬鹿にされてしまう。運動神経とかほとんどDNAなので、DNAに文句言ってくれよという負け犬の遠吠え。

「一樹はバスケ部入んの？　一樹なら高校でもレギュラーになれそうじゃん」

「七渡と違って勧誘もされたけど断ったよ……部活やって勉強もしてたら遊べないしな。少しバイトでもしてお金貯めつつ勉強も怠らないようにして、みんなで青春しようぜ」

「うぇーい、夏は海だな」

肩を組んで歩き始める俺と一樹。やはり高校生活は青春。アニメとかドラマで見るような充実した日々を送りたいぜ。

「あんたら本当に仲良いね」

俺と一樹を見て微笑んでいる麗奈。

海に行ったら麗奈の水着姿とか見られるのかな……想像しただけで前屈みになった。

「麗奈も部活とかやんないっしょ？」

「あ、あたしは男子バレー部のマネージャーやろうと思う」

「まじか⁉」

驚愕している俺と一樹を見て麗奈は笑っている。

部活とかする気が無さそうな麗奈からまさかの発言が飛び出した。

「うっそーん、冗談だよ。何にもする気なし。バイトはしたいと思うけどね」

どうやら冗談だったようだ。心からホッとしているのは、麗奈が俺達から離れていくことを恐れているからだろう。

「驚かすなよ、男子バレー部のマネージャーとか無駄にリアルだろ」

麗奈が部活のマネージャーになれば、絶対に部員からモテモテになってしまうことだろう。あいつらエロ漫画とかだとすぐにマネージャーに手を出すからな。

∞麗奈∞

駅前のスタバに着き、七渡にフラペチーノを奢ってもらう。廣瀬は期間限定のさくらミルクラテを奢ってもらっていた。

「みんなバイトするなら一緒のバイト先にしようよ。そしたら楽しくお仕事もできそうじゃん」

三人で席に座りあたしは二人に提案をした。

「確かに良いアイデアだな。麗奈はどんなアルバイトしたいとかあるの？」

「うーん……洋服屋かな？　二人は？」

「俺はクレープ屋さんとかかな？」

「何であたしより女の子っぽい仕事なのよ！」

七渡が甘い物好きだということは知っていたが、クレープ屋で働きたいというのは意外だった。

クレープ屋さんって女性バイトが多そうだし、七渡に変な女が寄ってきそうで嫌だな。

もし本当に働きだしたら毎日寄って監視しないと……太りそう。

七渡はモテてる感じはしないんだけど、地味に女の縁は多いから困る。あたしと出会う前の中二の時には一瞬だけど彼女いたみたいだし、今では城木翼も現れた。

勝手に天海七渡の名前をネットの姓名判断のサイトで調べたことがあったけど、女運だけ何故か高かったので油断も隙も無い。

ちなみにあたしとの相性は抜群だった。にへへ……

「廣瀬は何のバイトしたいの？」

「ペットショップだな。可愛い動物と触れ合えてお金も貰えるなんて一石二鳥だ」

「何で二人ともあたしより女っぽいバイト先選ぶのよ！」

ファミレスとかコンビニとか言うかと思っていたけど、二人とも一癖あるバイト先を答えた。しかもぜんぜん一致してない。

「まー同じバイト先にみんな受かる可能性も低そうだし、シフト制のバイトにして働く日を合わせるとかすればいいんじゃね？」

「そーだな」

七渡の提案に廣瀬が賛同する。確かに難しいかもしれないけど、あたしはできるだけみんなで一緒にいたいな。

「お金貯まったらみんなで海とか温泉とか、憧れのＵＳＪとか行けそうだな」

「イイネ。海外旅行とかも行けんじゃね？」

「それ最高だな一樹。ヨーロッパとか行ってみてー」

「俺はあれだな、めっちゃ綺麗な湖。空に浮いているような写真撮れるやつ」

「あーウユニ塩湖だろ？　アニメのＯＰで登場しがちな風景のやつ」

　二人が盛り上がっている中、あたしはみんなと旅行する光景を妄想する。絶対に楽しいし、最高の思い出になりそう。みんなで一緒に綺麗な星空とか見てみたい。キラキラ。

「麗奈は行きたいとことかあるか？」

「……二人と一緒なら、きっとどこでも楽しいと思う」

「それな」

　七渡の無邪気な笑顔に癒される。

　この関係は本当に大事。絶対に失いたくない。

　中学の時はずっと一人で寂しかった。自分で一匹狼きどってたから自業自得だったんだけど、やっぱり誰かと話したり遊んだりするのは楽しい。

　中三になって二人と出会って、あたしは居場所を手に入れた。七渡と付き合いたい気持ちはあるけど、それ以上にこの二人と一緒にいたい気持ちが強い。

「ちょっとトイレ行ってくる」

七渡が席を立って、廣瀬と二人きりになる。

七渡を通して廣瀬と絡むのは平気なんだけど、二人きりは未だに少し気まずい。

「俺が邪魔じゃなかったか？」

「邪魔なわけないじゃん。何でそういうこと言うの？」

「七渡と二人きりの方が、地葉は幸せかなと思って」

廣瀬は空気読めないとこあるけど、性格は優しい。今もこうして、七渡と二人きりにさせるべきだったたんじゃないかと悩んでいるみたいだし。

「そーいうのいいから。変に気を使われた方が困る」

「なら問題無いな。二人きりにしてほしい時があったらいつでも言えよ」

「どーも」

気まずさもあってフラペチーノを飲むスピードが速くなる。この気まずさは廣瀬にどこか後ろめたさを感じていることも関係しているのだろうか。

「相変わらず七渡がいないと無愛想になるな。地葉は俺のことどう思ってんだ？」

「廣瀬は七渡の大切な親友。七渡の大切な人はあたしにとっても大切だから」

「じゃあ、あの突然、現れた七渡の幼馴染もか？」

「っ」

廣瀬の鋭い指摘に思わず舌打ちをした。

「廣瀬のそういう容赦ないとこ、まじでムカつくんだけど」

「問題を先送りするのはよくないと思ってな。あの子はたぶんこの先、七渡と距離を詰めてくると思うぞ。きっと俺達の関係にも影響してくる」

あたしが見て見ぬふりしていた問題を提示する廣瀬。考えたくないから先送りにしていると取り返しのつかないことになるのは、廣瀬もわかっているみたいだ。

きっとあたしのことを思ってくれての発言だろう。口にはしないが、頭の中では感謝している。

「……はぁ、まじでどうしよう」

「一応、俺もこの関係が崩れないように気を回すが、突き放すのは無理があるな。七渡もあの子にはどこか執着しているみたいだし」

「あたしはみんなと楽しく高校生活を過ごしたいだけなのに」

「関係性に変化はつきものだ……俺はいっそ丸め込む方が楽だと思うがな」

廣瀬はこの関係性にあの田舎娘も含めて丸め込むという考えを持っているようだ。七渡が抜けるとかは絶対にあってはならないし、その考えは理解できるけど……

「単純な話、地葉があの子に負けないようにすればいい」

「は？　どう考えてもあたしの方が可愛(かわい)いでしょ？　あの子は、地味で鈍くさそうだし。そもそも田舎娘で、いも臭いのよ。ふかし芋女、大学芋女、ジャガイモ女、サトイモ女」

嫉妬があたしの口をより悪くさせている。七渡の前では慎まないとね。

「油断大敵だぞ。綺麗な顔立ちしてたし、オシャレすれば可愛くなりそうだった」

「ぐるぅうあ！　そういう可能性は危惧しないでいいの！」

あたしが不安を爆発させると、七渡が席に戻ってくる。あたし達の心配をよそに、すっきりとしてお気楽そうな顔をしている。あの呑気(のんき)な顔の頬(ほお)をつんつんしてやりたい。

気を取り直してフラペチーノを飲もうとするが、あたしのフラペチーノはいつの間にか空になっていた。

「あっ、七渡君」

七渡を呼ぶ甘ったるい声が聞こえたので、あたしは恐る恐る後ろを振り返った。

はぁあああ!?　何故(なぜ)かあの田舎娘がこのカフェにやって来たんだけど！

何なのあいつ……もしやストーカーなの？

「どうして翼がここに？」

「そ、その、クラスメイトの柚癒ちゃんに連れられて」

「どもども、しばゆーでお馴染(なじ)みの柴田柚癒です」

七渡を見て嬉(うれ)しそうにしている田舎娘とクラスメイトの柴田とかいう陽気な女。

この状況に戸惑っている七渡と手で顔を覆い表情を隠している廣瀬。あいつ絶対、この状況を見て楽しんでんだろコラ。

「せっかくだし相席していい？」

「俺はいいけど……二人は？」

柴田の提案を聞いて、あたしと廣瀬に委ねてくる七渡。余計なことしないでよあの柴田とかいう女め。

「俺は大丈夫だけど地葉は？」

「……別に」

ここで露骨に断ったら流石(さすが)に七渡から嫌われかねない。ここは受け入れつつ、あの田舎娘を牽制(けんせい)しなければ。

「じゃあ、ちょっと広めの席に移動しようか」

みんなで立ち上がり場所を移動する。あたしは流れを予測し、七渡をソファ席に座らせてその隣に間髪入れずに座る。七渡の隣には座らせない。

結果的に七渡とあたしがソファ席に座り、七渡の正面が田舎娘でその隣に柴田と廣瀬という席の配置になった。いや廣瀬よ、そこは七渡の正面に座ってよ。空気読めないな。

「ウケる、何か合コンみたいだね」

ぜんぜんウケないいんだけど柴田とかいう女。七渡に色目使ったら許さないんだから。

「じゃあ、合コンらしく連絡先交換タイムしますか」

くそっ、あの柴田とかいうやつ、場を仕切りたがるタイプの女だ。早速、この時間の主導権を握られてしまっている。

「七渡君、高校生になったし引っ越したこともあってスマホ買ってもらったから七渡君の連絡先教えて！」

この時間を利用して七渡の連絡先を入手しようとする田舎娘。

柴田が田舎娘に親指を立てているので、柴田が気を回して連絡先を交換しやすい空気を作ったようだ。

どうやらあの柴田という女は、田舎娘に協力して七渡への接触をサポートしているみたいだな。世界一、余計なことしかしない女として認定しました。

「いいよ。今からコード表示させるから」

七渡の返事を聞いた田舎娘は慌ててスマホを取り出した。

連絡先を交換することに慣れていないのか、スマホを弄（いじ）りながら戸惑っている田舎娘を見てイライラが募っていく。ムカムカ。

「ほい、これで完了」

「た、たまに連絡してても迷惑じゃない？」

「うん。俺も連絡するから」

「ありがと……嬉しい」

や、ヤバい、見ていられない。七渡があたしの知らない顔を田舎娘に見せている。それが凄く屈辱的で、机を叩きたくなる。

そんなあたしを見てか、斜め前にいる廣瀬から落ち着けというジェスチャーをされた。

「柚もみんなの連絡先知りたいから教えて～」

柴田の一声で、この場にいる全員が連絡先を交換する流れになった。

柴田は七渡に関心はないみたいだが、自分のことを名前で呼んでいる女にロクな奴はいないと思われるので要警戒だ。

「三人ってどういう関係なの？」

柴田があたし達の関係を不思議がっているみたいだ。男二人女一人のグループは珍しいと思うので、無理もない話だけどね。

「俺と一樹は中一から同じバスケ部でそこからの仲だな。受験勉強の時になって麗奈と一緒に勉強することになって、そこから三人になった」

七渡があたし達の馴れ初めを簡単に説明している。まだ七渡と仲良くなってから一年も経っていないけど、あたし達には時間以上に深い繋がりがあるの。

「そーなんだ、中学からの繋がりってことね」

話をまとめる柴田。田舎娘の顔を見ると、何故か安堵した顔を見せている。

「柚癒ちゃん、ウチと七渡君は幼馴染で十年間も一緒だったんだよ」

「良いな～幼馴染って。柚はそういう存在いなかったから憧れるよ」

何あれ、勝利宣言ですか？　そっちは七渡と一年も一緒にいないけど、こっちは十年も一緒だったってマウント取ってきてんの？　やんのかオラ？

「へぇ～十年も一緒とか長い付き合いだったんだね。七渡から幼馴染の話なんて聞いたことなかったから驚きだよ。特に話す思い出もなかったってことかな？」

あたしはカウンターを放ち、七渡に会話を振る。あたしの言葉を聞いて田舎娘は少し顔を下に向けていた。

「そういうわけじゃないって、思い出はたくさんあるよ」

「じゃあ何で一つも話さなかったの？」

「聞かれたりとかしなかっただろ」

話さなかったのは良い思い出ではなかったということだろう。七渡じゃないから気持ちはわかんないけど、そういうことにしておこう。

だが、大好きな七渡をあまり困らせるわけにはいかないので話題を変えることに。

「二人って彼氏とかいるの？」

どうせいないだろうけど、いたらいたで安心できるので聞いておいて損はないだろう。

「ウチはいないよ、付き合ったりもしてこなかったから」

何故か七渡に向けて話している田舎娘。私フリーですアピールをされてしまった。

その後はあたしに向けて頭を下げてきた田舎娘。別にあんたにお膳立てしてあげたわけじゃないんだけどっ！　勝手に感謝するなし！

「柚も彼氏はいたことないかな……それに恋愛する派より～見る派だから～」

うざ。それモテない奴の典型的な言い訳じゃん。

でも、そういう考え方なら七渡に近づかないだろうし安心かも。

「その気持ち少しわかるな。自分が恋愛するよりも、見ている方が楽しいしな」

廣瀬は柴田の発言に同意している。私は見ているだけなんて嫌だから、何一つ共感はできない。

その後はみんなとスタバで他愛（たあい）のない話を一時間ほどして、解散することになった。

田舎娘は買い物を頼まれていると告げて、帰り道は一緒ではなかった。

それにしても疲れる一日だった……まさか高校生活初日から、あたしの平穏を脅かす存在が現れるとは。

幼馴染だか許嫁だか知らないけどさ、七渡を一切譲る気はないんだから。

これはもう本気で七渡を落とすしかないわね――

第2章　グループ

＋七渡(ななと)＋

「母よ、何故(なぜ)翼(つばさ)がこっちに引っ越してくることを俺に黙っていた」

翌朝目が覚めて朝食を食べている時に、俺は翼が引っ越してきたことを知っていたはずの母に問いかけた。

「再会したの？」

「再会したどころか同じクラスだったぞ」

「それはまた凄い偶然ね」

母親は驚いているが、あまり嬉しくなさそうな表情を見せる。

「それで隠してた理由は？」

「あんたって、こっちに来てからあんまり翼ちゃんの話しなかったじゃない？　だから、もしかしたら七渡は会いたくないのかと思ってて。だから、黙って七渡の受ける高校とか今どこ住んでいるかとか教えてた」

「勝手に推測すんなよな」

俺が翼の話をしなかったのは、あまり翼のことを思い出したくなかったからだ。

ずっと一緒だった人と離れるのは心に穴が空いてしまうような喪失感があったし、寂しいとか会いたいとか思ってしまえばキリがない状態だった。

だから俺は忘れることにしようとしていたのだが……翼はまた俺の元にやってきた。

「違うのなら仲良くしてあげなよ」

「当たり前だろ」

「また付き合えば？　翼ちゃんならあんたのこと受け止めてくれるんじゃない？」

「はぁ？」

母親の勝手な発言を聞いて睨む。

「あ、そっか、七渡にはあのギャルの女の子がいるもんね」

「麗奈は友達だから」

麗奈は俺が体調を崩した時に家へ様子を見に来たこともあったので、母親とは顔見知りになっている。

翼と異なり実際に麗奈が母と顔を合わせたことは数回しかないが、麗奈の派手なギャルの見た目もあって覚えられているみたいだ。

「翼ちゃんとギャルさん、どっちが好みなの？」

「うっさいな」

俺は気まずくなったので素早く準備をして、逃げるように家を出た。


「あっ、七渡君」

「えっ⁉」

まさかの家から出て数秒で翼と会ってしまった。意味がわからない。

「何でこんな場所にいるんだ？」

「ウチの家、そこなの」

「なんとぅ⁉」

どうやら、翼は俺の住むアパートから徒歩三十秒ほどのマンションに引っ越してきたようだ。

「俺のアパートあそこだからな」

「知っとるよ。七渡君のお母さんから教えてもらった」

俺は住んでいるアパートを指差す。どうやら偶然ではなく、母から俺の住んでいる場所を教えてもらっていたために近い場所を選んでいたみたいだな。

「近いね……嬉しい。隣の家だったことを思い出すよ」

「だな。隣ではないが、見える位置にはある」

翼とまた近くに住めるのは嬉しいな。ここまで近ければ、何か困った時にすぐに駆け付けることができそうだ。

「一人で住んでいるのか？」

「お姉ちゃんと一緒。お姉ちゃんが引っ越す時に七渡君の家の近くが良いって言ったの」

「そうか……」

翼のお姉さんも来ているということは、近い内に挨拶へ行った方がいいな。子供の時は何度かお世話になったしな。

「あの七渡君、もしよかったら……」

「どうした？」

「やっぱり何でもない。忘れ物思い出したから家戻るね」

少し挙動不審だった翼。何かを言いかけていたみたいだが、その言葉を飲み込んでしまっていた。

もしかしたら一緒に登校しようと提案しかけていたのだろうか……

俺は翼に一緒に学校行くかとスマホでメッセージを送ろうと思ったのだが、約束はしてないが麗奈と一緒に登校する雰囲気になっていることを思い出して躊躇した。

まぁ、俺の思い違いだったら恥ずかしいし、やっぱり止めるか……

俺は切り替えて早歩きで麗奈の元へ向かった。


「おはよー」

昨日と同様に公園のベンチに座って麗奈が待っていた。

肩にぶら下げているスクールバッグには、俺が受験前にあげたお守りがぶら下がっているのが見える。

学問の神様を祀っている太宰府天満宮で買ってあげたお守り。地元福岡では有名なのだが、麗奈はそんな神社知らんがなと言っていた。

「お、おい麗奈スカート！」

ベンチから立ち上がり前を歩きだした麗奈だったが、鞄と身体の間にスカートが挟まっているのかスカートがめくれてパンツが見えてしまっている。

まさかのラッキースケベで朝から目が覚めてしまった。しかも白黒のゼブラ柄のパンツとかエロ過ぎるだろ、やっぱり麗奈はギャルなだけあるな。

「あっ」

慌ててスカートを直した麗奈だが時すでに遅しな状況だ。

「見た？」

青ざめた表情で俺に問い詰めてくる麗奈。

「慌てて目を逸らしたから大丈夫だ」

「どんな柄だった？」

「ズィーブラ」

「見てんじゃん！　しかも無駄に発音良い！」

怒った麗奈にスクールバッグで優しく身体を叩かれる。

「悪いな、ズィーブラは見逃せなかった」

「まっ、あたしのミスだから気にしてないけど」

気にしていないと言う割には顔を真っ赤にしている麗奈。第一印象からして照れたりしない人だろうと思ったけど、今思えば麗奈は普通の人以上に照れ屋さんだったな。

「そういえば、翼が俺の家の近くに引っ越してたんだけどさ」

「は？」

一瞬で不機嫌になる麗奈。元々、人にあまり興味がないのは承知しているが、翼に対しては何故か敵意のようなものが見える。

「麗奈は俺と登校したいか？」

麗奈の目つきが恐いので俺は一旦話題を変えることに。

「当たり前じゃん」

「そっか、決めてなかったけど俺達は友達だし、そうなるよな」

「うんうん。別に約束しなくても一緒なの」

一緒の通学路なのに別々に通う方が俺達にとってはおかしいのだろう。一樹の家は反対側だから一緒に登校できないけど。

「……翼と一緒に登校したいって言ったら嫌か？」

俺は気になっていたことを聞くことに。やはり、翼の話題になると麗奈は露骨に嫌な顔を見せた。

何か翼について誤解でもしているのだろうか……特に翼が麗奈に何かした記憶は俺にはないのだが。

「嫌に決まってんじゃん。七渡だって急にあたしが七渡の知らない男友達と一緒に登校したいって言ったら困るでしょ？」

「そ、そうだよな」

麗奈の意見には納得だ。今思えば、早過ぎる提案だったな。

麗奈と翼は同じクラスなので、時間が経てば打ち解けあえるかもしれない。その時が来れば、三人で一緒に登校の形になるだろう。

「……拒否られて怒った？」

「いや、まったく。麗奈が駄目と言うなら駄目でいい。友達の気持ちを優先するのは当然だろ」

「そうだよ。あたしと七渡は親友でしょ？」

自分の意見だけを押しつけてはならないし、行動は慎重にしないとな。

そうでなければ、繋がりや関係というものはあっけなく消えてしまう。

そう考えるのも俺には苦い思い出があるからだ。

中学生になった時、同じクラスのメンバーで仲良し四人組ができた。

俺と一樹と須々木と大塚の男女四人組。部活が無い日はみんなでいつも遊んで、放課後も無駄に遅くまでだべったりしていた。

このまま四人でずっと一緒にいて、そのまま同じ高校に行って、ずっと仲良く遊んでいるのだろうと当時は思っていた。

だが、俺と須々木が付き合うことになり、その三日後に須々木が「ごめん、やっぱり付き合うってどういうことかわかんない」と言い出して別れることになった。

その後は俺と須々木は気まずくなってしまい、一緒にいることができなくなった。そして仲良し四人組はそれぞれ別々の二人組へと分離することに。

あの時を思い出すと、やはりもっと慎重に行動すべきだったと反省する。別れた時にどうなるかとか考えるべきだった。

特に男女での関係は凄く繊細な部分がある。ちょっとした行動が大きな歪みを作ってしまうのだ。

翼の時だってそうだ。親から許嫁だと言われて恋人として見るようになり、関係性に歪みが生じた。結果、仲がこじれる結果に。

もう俺はそういうことを二度と経験したくはない。

自分の居場所を失いたくないんだ――


「てーす」

麗奈と一緒に教室へ入ると、何故か翼の友人である柴田さんことしばゆーに陽気に挨拶された。

「うーす」

適当に挨拶を返すと、しばゆーの後ろから翼が顔を覗かせた。

「ちーす」

しばゆーの真似をして陽気に挨拶してくる翼。恥ずかしさを堪えているのか、顔を真っ赤にしている。

だが、翼のまさかの挨拶は不覚にもめっちゃ可愛いと思った。

「おーっす」

翼にも陽気に挨拶を返してあげる。謎の時間だが、少し笑ってしまう。

「これが都会の挨拶。わかったかな翼ちゃん」

「うん。都会の挨拶は〝す〟で終わりがちなんやね」

どうやら翼の挨拶はしばゆーにやらされていたようだ。偏った知識を教えられているみたいで少し心配になるな。

「しばゆー、おはよー」

「てーす、てすてす、すすすす」

他の女子生徒の挨拶にも適当に挨拶しているしばゆー。どうやら色んな人から挨拶されるほどの人気者みたいだ。

身長は小さくて小動物みたいな動きをするしばゆー。人懐っこい性格なのか、人との距離感が近くみんなから可愛がられている。

「邪魔なんだけど」

自分の席に向かおうとする麗奈の前にはしばゆーがいた。そこで麗奈が恐い顔をしながら放った言葉に、周りの生徒は静かになってしまう。

麗奈は俺には優しいが、他人には氷のように冷たい。言葉にも棘がある。俺が見知らぬギャルに邪魔とか言われたら泣いちゃう。

「ごめーん！」

しばゆーがどう行動するのか不安だったが、まさかの謝りながら麗奈に抱き着くという奇行に走った。周りの生徒もまじかという目で見ている。

「うざ」

「地葉ちゃんめっちゃフローラルな匂いするね」

しばゆーの馴れ馴れしさに呆れている麗奈。確かにしばゆーの言う通り、麗奈はフローラルな良い匂いがする。きっと香水を軽くつけているのだろう。

麗奈はしばゆーから解放されると、そのまま席に座った。そして、止まっていた他の生徒の時間も動き出した。

　一時間目の国語の授業が終わり、休み時間になる。

　麗奈はお手洗いに行ってしまったので一樹と話そうとするが、一樹は何故か翼と話していた。

「おい一樹、何の話してんだ？」

「七渡に子供の時の恥ずかしい話がないか、幼馴染に聞き取り調査してた」

「弱み握ろうとすんなよ」

　翼に変なことを聞こうとしていた一樹を小突く。

「何も話してないよな翼？」

「えっ……と、ごめん」

「話しちゃってる!?」

　時すでに遅しだったのか、謝られてしまった。

「小三までたまに一緒にお風呂入ってたの今思うと恥ずかしいという話だったぞ」

「まー兄妹みたいなもんだったからな。それぐらいの話なら別に聞かれても平気平気」

　安心した……そこまで恥ずかしい話ではなかったな。可愛い思い出の一つだろう。

「一緒に入らなくなったのは七渡が城木さんに何かし始めたのがきっかけらしいが、それは教えてくれないんだ」

「それは言っちゃ駄目なやつ。俺が無邪気だった頃のやつ」

翼に絶対に話さないでとジェスチャーで伝える。

「それにしても時折出る城木さんの博多弁(はかたべん)は可愛いな」

「わかる～」

「確かに可愛いと思う。俺の場合は可愛いにプラスでノスタルジーも加わって、ほっこりするよ」

俺と一樹の間から顔を覗かせてわかる～と賛同してきたしばゅー。

「か、可愛いなんて恥ずかしか～」

早速、出てしまった翼の方言を聞いて俺と一樹はハイタッチする。しばゅーもジャンプしながら飛び跳ねてハイタッチしてきた。

「七渡君はいつから方言出なくなったの？」

「俺はほとんど出なくなるまで三年くらいかかったな」

「あぅ～まだまだかかりそう」

顔を赤くしながら悩ましそうな顔を見せる翼。

「七渡、ちょっと来て」

いつの間にかお手洗いから戻ってきていた麗奈に腕を摑(つか)まれる。何か話したいことがあるみたいなので、みんなの元から離れて廊下で二人話すことに。

「どうしたんだ？」

「……ごめん、特に何もない」

麗奈は少し気まずそうに俺へ謝ってきた。特に用事はなかったみたいだな。

きっと、俺達の会話に混ざり辛い感じがして、俺だけを呼んだのかもしれない。

「大丈夫だよ。二人で次の授業まで話そっか」

「うん、ありがとう。七渡のそういうわかってくれるとこ友達として好き」

麗奈は嬉しそうにして一歩距離を詰めてくる。もう少しで肩が触れ合う近さだ。

「見て見て、これ可愛くない？」

麗奈は俺にネイルが施された指の爪を見せてくる。

ピンク色に塗られ、キラキラと光る装飾が施されている。

正直、男子だからかネイルの良さはあまりわからない。でも、ここは肯定しておくのが礼儀というやつだろう。女性の努力は肯定すべしとどこかのイケメンが言っていた。

「綺麗だな」

「でしょでしょ？　ユーチューブの動画見ながら自分でやってみたんだ」

麗奈と廊下の壁にもたれながら会話していると、すれ違う生徒達が麗奈の方をちらっと見たのが確認できる。

それだけ麗奈が目立つのだろう。ギャルっぽいし派手で可愛いからな。

「高校生活が始まって、誰かから声かけられたりしないか？」

「今のところ特に無いけど……誰か近づいてきても睨んで追い返すし」

どうやら俺の心配は杞憂に終わったようだ。麗奈はナンパとかされやすそうな見た目だからな。

「何でそんなこと心配するの？　嫉妬とかしちゃう？」

「友達だから心配しているだけだ。麗奈の見た目は派手だから、得体の知れない悪い男が寄ってきちゃうかもしれないからさ」

「ふーん……」

にんまりとした顔で俺を見てくる麗奈。小悪魔ちゃんみたいな顔をしている。

「それを嫉妬って言うんじゃないの〜？」

「いや、そういうんじゃなくてさ、何かほら麗奈が見知らぬ他の男と関わってほしくないというか……いやそれ完全に嫉妬じゃん。じゃなくて色々と危ないからさ、安全面？」

「そっすかそっすか」

俺の言葉には聞く耳を持たず、俺のあたふたしている姿を見てニヤニヤとしている麗奈。

麗奈は中学の時も目立つ存在であり他人には冷たい性格なので、無駄に周りから反感を買ってしまっていたし、あらぬ噂も立てられていた。男関係だけでなく、人間関係全てが心配なのだ。

「安心して、あたしは七渡以外の男にはついていかないからさ」

「そこまでは言ってねーよ。勘違いするな」

「じゃあ、ＳＮＳで連絡来た同じ高校のサッカー部の先輩と会ってもいい？」

「ダメ。ゼッタイ。たった一度の過ちが、人生を棒に振ることになる」

「……薬物乱用防止のポスターみたいになってるよ七渡」

必死過ぎて少し麗奈に引かれてしまっている。

俺は本当にただ心配しているだけなのだが、言葉にすると勘違いを生んでしまう。これではまるで束縛の強い彼氏だ。こんな男は嫌われてしまうだろう。

「悪いな、何かとうるさい友達で……ウザいだろ？」

「ぜんぜん。むしろ大切にされているから嬉しいよ」

チャイムと共に教室へ戻っていく麗奈。

麗奈の温かいはっきりとした言葉に不安だった気持ちは解消され、心は救われた――

◇翼◇

お昼休みが始まり、生徒達はぞろぞろと移動を始めた。

この学園には食堂や購買があるみたいだけど、ほとんどの生徒は弁当を持参している。そのため、教室から出る生徒は一割ほどだ。

私は七渡君の方を見るが、周りが空いている廣瀬君の席へと移動している。地葉さんも一緒に食べようとは言わず、黙って二人の隣に自然と座った。

七渡君は私の方を見てくれていたみたいだけど、私は一緒に食べようと言える勇気が出なかった。

今朝も一緒に登校したいと言いたかったけど、断られたらどうしようという気持ちが湧き出てきてしまい言えなかった。

七渡君以外の人には躊躇することなんてないんだけど、七渡君に拒否されるのは本当に嫌だから、どうしても慎重になってしまう。

そんな私を見てか、柚癒ちゃんが周りからの誘いを断って一緒に食べようと声をかけてくれた。

「天海っちと一緒に食べなくていいの？」

「あぅ……なんか、声かけにくくて」

「柚だったら入れて～って二秒で話しかけられるけどな～」

柚癒ちゃんの行動力というか、素直さには惹かれる。早速、七渡君のことを天海っちと呼んでいるし、コミュニケーション能力が高いなと思う。

「というか、みんな優しそうだし歓迎してくれると思うけど」

柚癒ちゃんの言う通り、七渡君も廣瀬君も優しい。向こうから話しかけてくれるし、きっと声をかけても煙たがられることはない。

「あれか？　地葉ちゃんが恐いの？」

「うーん……恐いというか、警戒されているというか」

地葉さんから敵視されているのはひしひしと伝わってくる。

受験勉強がきっかけで七渡君と仲良くなったとは聞いたので、七渡君を騙したり利用しているとかの心配は消えた。

でも、やっぱりどこか引っかかるところがある。恋人でもないのに異常に七渡君へ執着していたり、振り回しているような感じがある。

なにより地葉さんは七渡君を私から引き離そうとしてくる。もう一度、七渡君と距離を詰めていきたい私にとって、その行為は受け入れ難いものとなっている。

「あのギャルさ、初っ端から男子二人囲んで飯食ってんだけど。自分モテますけどって見せびらかしてんかな」

「うわ〜露骨だね。廣瀬君カッコイイと思ってたけど、ああいうギャルが趣味なんだ」

「あいつまじで嫌い。絶対に自分のこと可愛いと思ってるよ」

　隣の位置で食事をしていた女子三人組が地葉さんの陰口を言っている。

　地葉さんは七渡君や廣瀬君とただ友達として一緒にいるだけなのに……見た目や素行もあって悪く言われてしまう立場なのかもしれない。

「芝坂中の地葉ってクソビッチで有名だよね。中学時から派手なギャルでこっちの中学にも噂とか回ってきてたし。まさかこの進学校に合格するとは思ってなかったけど」

「あーあの噂の人ってあの人のことだったんだ。親が偉い人で校則破ってても、お咎めなしでムカつくって芝坂中の友達が言ってたな」

「あざとく萌え袖とかしてんじゃねーよ、制服のサイズも合わせせらんねーのかよ」

　どうしても私が気になっている人の話なので盗み聞きをしてしまう。三番目の人だけ直接的な悪口だけど、地葉さんに何かされたのかな？

「……地葉ちゃん早速妬まれてるね」

　柚癒ちゃんが声を小さくして話しかけてくる。

「色々と目立つ立場だから大変そうやね」

「実際に可愛いし、オシャレだから陰で妬むことしかできないんだよ。あの三人もそこそこ可愛いから地葉ちゃんがいなかったらもっと目立ってたんだろうね」

　隣の女子三人組に不審な目を向けている柚癒ちゃん。地葉さんは他クラスからも可愛いと男子生徒が見に来るレベルなので、他の女子生徒が嫉妬するのも無理はない。

「柚は地葉ちゃんのこと尊敬してる。可愛いのは容姿に誰よりも気を使ってる証拠だし、化粧とか高校生なのにめっちゃ上手いし、読モとかしてても不思議じゃないレベル。柚も身長とか欲しいよ〜」

　自分のスタイルに悩んでいる様子の柚癒ちゃん。私ももっと可愛かったら、七渡君に何度も振り向いてもらえていたのだろうか……

「そういえば柚癒ちゃん、クソビッチって何？」

　私は隣の女子三人が話していた知らない言葉が気になった。都会の若者言葉なら知っておきたいな。

「ビッチの強化バージョンでしょ？　もの凄くエッチな女とか、彼氏が十人いる女とか、色んな人の彼氏を寝取った女とかに使われる言葉じゃない？」

えっ……地葉さんがそんな悪魔のような人だったなんて。

都会の人は貞操観念が乱れているとは噂では聞いていたけど……純粋な七渡君は地葉さんに都合良く弄ばれているのかもしれない。

飽きたら使い捨てにされるのかも。そんなことされたら七渡君の心は擦り切れて、自暴自棄になってグレてしまうかもしれない。

でも、どうして七渡君はそんな人と行動を共にしているのだろう……やっぱり地葉さんが可愛くてエッチだからなのかな？

地葉さんと七渡君が裏では何をしているのだろうと想像すると、胸が痛くなる。そういう付き合いは絶対に良くないと思う。私が守ってあげないと。

間違いは誰にでもある。問題はその間違いからどう立ち直るかだって近所の名言おばちゃんが言っていた。

「柚癒ちゃん……ウチ頑張るよ。悪魔には天使で対抗する」

「えええ？　何か勘違いしてない？」

私は七渡君を見捨てない。私が七渡君を健全な道に戻さなきゃ。

「というか、今日の放課後どーすんの？　声をかけるの？」

昨日の放課後も七渡君達に声をかける勇気が無くて、気遣ってくれた柚癒ちゃんと一緒に放課後を過ごすことになったんだ。

「緊張するけど、やっぱり七渡君ともっと距離を詰めたい」

「柚もそうした方が良いと思う。時間が経てば経つほど入り辛い空気になっちゃうし、先延ばしはマイナスでしかないよ。いつ勇気出すか、今でしょ」

「うん、そのつもり……でも、良いタイミングがあるか心配」

　顔を下に向けた私の肩を、柚癒ちゃんは優しく叩いてくれる。

「ここは柚が一肌脱ごうじゃないの」

　ブレザーを脱いでブラウス姿になる柚癒ちゃん。物理的にも一枚脱いだようだ。

「柚があのグループと翼ちゃんの架け橋になる」

　任せてといった表情の柚癒ちゃん。心強い存在であり、その言葉に救われる。

「どーしてそこまでしてくれると？」

「そんなん友達だからじゃーん」

　面倒な顔一つ見せずに協力してくれる。本当に優しくて良い人だ。

　正直、柚癒ちゃんの存在は私にとって大きな後ろ盾となっている。話も聞いてくれるし私の気持ちをわかってくれる。

　友達とはいえ、ここまで真摯に私のことを考えてくれるなんて……

「ありがとう柚癒ちゃん」

「いーのいーの」

私は改めて感謝を述べると、柚癒ちゃんは珍しく頬を赤く染めて嬉しそうにしていた。

昼休みの終わりが近づき、生徒が席へと戻り始めていく。

七渡君は借りていたクラスメイトの席を濡れた綺麗な雑巾で拭いていて、その後に空拭きしてから席を離れていた。

七渡君のああいう気配りができるところ、昔と何にも変わっていない。好きだなぁ……

∞麗奈∞

授業が終了し、放課後になる。

七渡の元に向かい、今日の放課後もいつものように三人で一緒に過ごす。

「ちょっと待ったぁ！」

まるでドラマとかでありがちな結婚式で乱入してくる男のように、凛々しい声であたし達を呼び止めてきた柴田。余計なことをしてきそうで恐いな……

「どうした、しばゆー」

七渡が柴田の突然の奇行に驚きながら、何の用があるか聞いている。

「翼ちゃんが言いたいことあるって」

「えぇ!?」

急に無茶ぶりのようにバトンが渡された城木は慌てふためいている。このまま傍観しているか、割り込んで流れを断ち切るか……

「ちょ、ちょっと柚癒ちゃん」

「柚の役目はここまで。ほら勇気出して」

「もっと何か繋いでくれると思っとったよ……でも、もう言うしかない」

柴田に背中を押された城木が一歩前に出てくる。迷っている間に、もう止められない流れになってしまった。

「どうした翼？」

「……あ、あのね、ウチもその……一緒に放課後遊びたい」

城木は緊張した声で七渡に一緒に行きたいと伝えた。柴田はその城木の姿を見て、我が子を見守る父親のように優しく拍手をしている。

最悪な展開だ……このままではあたしを取り巻く環境が大きく変化してしまう。

こうなることは予め危惧していたけど、予想よりも城木の行動が早い。それだけ、七渡との距離を詰めることに本気ってことかもしれないけど。

見た目は気弱そうな雰囲気なのに、意外と行動は大胆だ……油断も隙も無い。

「俺はぜんぜん歓迎なんだけど、二人は？」

七渡は快諾しているが、必ずあたしや廣瀬の意見を聞く。自分の意見だけを押し通すことはない。

その優しさに甘えれば、城木の行動を阻止することもきっと可能だろう……

「俺は構わないけど」

廣瀬は反対せず、あたしの方を見た。どっちの答えを選んでもフォローしてくれそうな表情をしている。んあ〜どうしよう〜……

「ありがとう一樹。麗奈は？」

「…………」

あたしは悩む。もちろん、この関係を崩されたくない気持ちは強いが、素直に駄目と言えばそれはそれで七渡に申し訳ない。七渡に嫌われたくないもん。

あたしは自己中心的な人間だが、その自己よりも上に七渡が唯一位置しているの。

「地葉さん、駄目なら駄目って素直に言っていいよ。それならウチは別の日に七渡君と二人きりで会うことにするしさ」

「は？」

笑顔で提案しているが、言葉の内容はあたしを徹底的に追い込んでいる。ぐぬぬ……どっちの選択肢を選んでも城木は七渡とは接触する。でもあたしが承諾すれば、あたしの前で城木と七渡を接触させることができる。

つまり、ここであたしが承諾するしかないよね？　と脅しているのかもしれない。

どちらを選んでも私は大丈夫。そんな考えが城木の表情に表れている。

やられた……これは城木が先手を取った時点で有利なんだ。

やっぱり天然を装っているだけで、中身はとんでもない策士じゃないかこの田舎娘。そうやってこれから七渡をたぶらかしていくというのね城木め……

「なら、柴田も一緒ね。昨日の五人でいるの楽しかったし」

あたしの言葉にみんなは驚いた顔を見せる。

どうしても城木一人がこのグループに入ると、七渡との絡みが中心になってしまう。

でも、柴田も含めて丸め込めば、七渡は柴田もいるから城木のことも安心だと思い、特別気を使わせなくても済むはずだ。

城木も意表を突かれたのか、驚いた顔を見せている。あんたの思い通りにはさせないんだから。計画通りね。

「珍しいな、麗奈がそんな提案するなんて」

「……別に」

「じゃあ、みんなで一緒に行くか」

七渡は嬉しそうな表情で出発を告げる。果たしてこれで良かったのだろうか……

「ちょっと待った。そもそも柚は一緒に行くと言っていない件」

まさかの柴田があまり乗り気な態度を見せていない。

「俺達と来てくれないのか？」

「え、え〜どど、どうしょっかな〜」

「じゃあいいや」

「行きます行かせてください」

提案を破棄しようとした七渡にめっちゃ食い下がった柴田。本音は一緒に行動を共にしたかったようだ。脅かさないでよ……

「地葉さん、誘ってくれてありがとうございます」

柴田はあたしの元に来て感謝を述べてくる。

「同い年なんだから敬語使わなくていいから」

「うぇいうぇい。しばゆーって呼んでね」

「うざ」

嬉しそうに脇腹を小突いてくるしばゆー。城木をコントロールするためとはいえ騒がしい女をグループに入れてしまったな。

「それじゃあレッツゴー」

何故か仕切り始め、先頭を歩き始めるしばゆー。絶賛、後悔中です。

「いったいどういう風の吹き回しなんだ？　頭でも打ったか？」

廣瀬があたしのことを心配そうな目で見ている。それだけあたしの発言が意外だったのだろうか。

「あの田舎娘に好き勝手はさせない。向こうは絶対に負けない作戦を練ってきたみたいだけど、こっちは引き分けに持ち込んでやったのよ」

「……深読みし過ぎてないか？」

「あんたもあの表向きの天然キャラに騙されてるの。裏の顔は策士で七渡を何が何でも奪おうとしている悪魔に違いない」

「俺はそうは思わないけど」

「女の勘を舐めないでよ」

失うものが無い城木は、これからも積極的に攻めてくるはず。七渡を守りつつ行動していては、防戦一方になる。

やっぱり、あたしの方からも積極的に動かないとな……

まっ、可愛いあたしが本気出せば七渡も釘付けになって、きっと頭おかしくなっちゃうけどね。麗奈ぁああ！　って叫びながら抱き着いてくるかも。

今までは七渡と一定の距離を保っていた。友達としての距離感だった。

けど、これからは徹底的に詰めていくんだもん――

＋七渡＋

みんなで学校から歩いて大型ショッピングモールへと向かった。

特に目的は無いのでウィンドウショッピングをすることに。

「あっ、リズニーストアだ」

しばゆーが入ったお店は、リズニーアニメでお馴染みのキャラクターグッズが売られているリズニーストアだった。

「みんなでリズニーランド行こうよ〜」

しばゆーは大型テーマパークのリズニーランドに行きたいようだ。みんなで行ったら絶対に楽しいだろうな。

「高いからなあそこ。まずは無難に健康ランドとかから行くべきだろ」

「廣瀬君、健康ランドとか渋すぎ！　ランドだったらどこでもいいわけじゃないよ！」

何故か嬉しそうに一樹のことを叩いているしばゆー。意外と二人の相性は良いのかもしれないな。

「七渡、見てこれ」

肩を叩いてきた麗奈の方を向くと、麗奈が猫の大きな耳がついた帽子を被っていた。

帽子からぶら下がっているポンポンを麗奈が引っ張ると、耳がぴょこぴょこと動く。

「にゃんにゃん」

あざとく猫の鳴き真似をする麗奈。可愛すぎて見ているこっちが恥ずかしくなる。

「……可愛いな」

「だよね。あたしも思った」

麗奈は嬉しそうに笑う。麗奈は可愛いから何でも似合う。コスプレとかもどんな衣装でも似合うことだろう。

「猫だと思って撫でて～」

普段はそんなこと言わないのに、今日の麗奈の言動は背中がかゆくなるものが多い。可愛いから言われた通り撫でまくるけど。

「どうしたんだ麗奈？」

「……嫌だった？　うざかった？」

「そんなことない。可愛いから照れちゃうよ」

「こっちの方が照れてるよ！」

真っ赤な顔した麗奈に逆ギレされる。何故そんな照れてまで近づいてくるのだろうか。

「ちょ、ちょっと柚癒ちゃん」

しばゆーに背中を押された翼が俺の前にやってくる。

「な、七渡君、どうかなこれ？」

麗奈と同じタイプだと思われる帽子のウサギの耳バージョンをつけてきた翼。

「似合うな」

「う、うん。ありがと」

恥ずかしそうに耳をぴこぴこと動かす翼。子供の時にお遊戯会で熊の着ぐるみを着ていた姿を思い出した。

「ど、どうかな？」

みんなと同じように触角みたいなものがついた帽子を被ってきた一樹。

「帰れ」

「ひでーな。しばゆーには宇宙一と言われたのに」

しばゆーに贔屓されて過大評価を受けていた一樹。どうかなじゃねーっての。

「……なんだかんだ上手くいきそうだな」

俺は周りのみんなを見て、安堵の溜息をつく。

「そうだな。まっ、みんな良い奴だしな」

一樹の言う通り、翼は優しくて大人しい良い子だ。しばゆーもうるさいところはあるが優しさが滲み出ている。グループをかき回したり、みんなの仲を乱すことはなさそうだ。

麗奈だって我儘は言わないし、絡んでくるしばゆーには呆れながらもやり取りをしている。問題は麗奈と翼の仲が少しぎごちないところだけだな……

◇翼◇

七渡君のグループに入ることができた。

七渡君も廣瀬君も私のことを受け入れてくれて、本当にホッとした。

地葉さんは渋っていたみたいだけど、柚癒ちゃんも一緒にと提案してくれた。

私にとって柚瘉ちゃんが傍にいてくれると心強いので願ってもいない提案だった。もしかしたら、地葉さんって私が考えているような悪い人じゃないのかな……

「……あんたの思惑通りにはさせないから」

耳元で囁いてきた地葉さん。その声に思わずぞっとしてしまう。

「え？」

「天然装って七渡に近づこうとしても無駄無駄。あたしは騙されないし、七渡にちょっかいは出させない」

悪魔のような笑みで私を牽制してくる地葉さん。向こうの領域に私が踏み込んだからか本性を見せてきた。

やっぱり、地葉さんは悪い人だ。あれは悪い人にしかできない表情だ。

「……地葉さんの思い通りにはさせない」

恐いけど、ここで圧力に負けたら七渡君が悲惨な目に遭うことになっちゃう。

「やっぱり色々と思惑があったのね……上等じゃない」

地葉さんとは目を合わせず、互いの決意をぶつけ合う。

「言っとくけど、あたしは今まで本気出してなかったから。七渡の気持ちを優先して適度な距離保ってたけど、あんたが本気ならこっちも七渡を手に入れるために本気出すから」

「七渡君は物じゃないよ。所有物みたいに扱うのは止めて」

「そうやってあたしを悪く捉えてネガキャンでもするつもり？　あんたの本性を七渡に伝えたっていいんだよ？」

「そっちだって、ウチのこと悪く捉えてる。地葉さんがその気なら、ウチやって色々と説得するつもりだよ」

「ぐぬぬ……」

言い争いで屈しては駄目だ。私は七渡君ともう一度やり直すために九州の田舎から東京に来たんだから。

「二人とも、何か欲しいものがあるのか？」

目線を合わせず商品を見ながら地葉さんと言い争っていたからか、七渡君が欲しいものがあるのかと思って声をかけてきてくれた。

「七渡～これ可愛くない？」

雪だるまのキャラクターのキーホルダーを手に取って七渡君に見せる地葉さん。

先ほどとは声や表情を百八十度変えて、七渡君に甘えた声でアピールしている。

あんなあざとい媚び方はちょっとやそっとじゃ身につかないはず。きっと今までも、あやって色んな男をたぶらかしてきたのかもしれない……

「いつも世話になってるから、それぐらいなら買ってあげるよ。お昼に麗奈が買ってきたお菓子とか貰ってるしな」

む～七渡君も満更でもない顔しちゃって……でも、それは仕方ない。七渡君は純情で純粋だから地葉さんの思惑とか考えたりしないんだ。

「本当に!?　やったー、七渡からプレゼントされるなら百倍嬉しいよ！」

「そ、そうか？」

「うん、だって七渡からのプレゼントだよ」

勝ち誇った顔で私を見てくる地葉さん。もしかしたら、七渡君を財布代わりにして借金まみれに追い込もうとしているのかもしれない。

この前もテレビ番組で借金をしてまで女性に貢ぎ、人生が滅茶苦茶になった男性の特集をしていた。七渡君をそうさせないために私が守らないと。

でも今は、私も七渡君からプレゼントされたい。一番安い商品でいいからプレゼントしてもらいたいな……

「七渡君、ウチも……」

「七渡、早くレジ行こっ！」

勇気を出して口を開いたが、それを聞かせないように七渡君の背中を押してレジへと連れていく地葉さん。

そこまでして私を七渡君に関わらせたくないんだろうか……きっと七渡君を独占して自分だけのものにしたいと考えているのだろう。

地葉さんにとって邪魔者な私をグループに受け入れたのも、それをあえて私に見せびらかして心を折るためかもしれない。

でもね、地葉さん……私は七渡君のためなら絶対に諦めたりしないんだよ。

私達はリズニーストアを出て、その後はゲームセンターのモリファンに向かった。

「せっかく人数が増えたんだし、こういうゲームやってみたいな」

七渡君がエアホッケーのゲーム台の前に立ち、みんなに提案をしている。

「たまには良いなそういうの」

「えー子供じゃないんだから」

廣瀬君も七渡君の提案に乗っかっているが、地葉さんはあまり乗り気じゃない。

正直、私はスポーツとかゲームは苦手なので、その両方の要素を持つエアホッケーは難しそうだ。ここは地葉さんの意見に賛同なので、地葉さんを見つめる。

「麗奈、子供心を忘れないで」

「うーん……まっ、たまにはいいか。やろうよ」

私の表情を見て意見を百八十度変えてきた地葉さん。もしかして、私が苦手であることを察して、情けない姿を七渡君に晒して笑いものにしようとしてるのかな？

「でも七渡、これ四人制だぞ。俺達は五人だ」

「そうか、一人余っちゃうか」

七渡君が女性陣の方を見る。ここで名乗り出てゲームを回避しよう。地葉さんの思惑通りにはさせない。

「柚は審判やりたいからみんなでやっていいよ」

「これゲームだから審判とかないぞ」

「見てる方も楽しいし、大丈夫だよ」

まさかの私より先に柚癒ちゃんが名乗り出てしまう。

「七渡君と遊びたかったっしょ？　柚にはわかってるんだよ」

私に親指を立ててやってやったぜとドヤ顔する柚癒ちゃん。気持ちは本当に嬉しいけど私の思いは真逆だよ～そんなこと言われちゃったら断れない！

「じゃあチーム分けはどうする？」

「七渡を倒したいから廣瀬と組む」

「上等じゃねーか麗奈」

まさかの廣瀬君と組むことにした地葉さん。

ここは七渡君と組んで一緒になりたいはず。それを避けたということは、やはり地葉さんには何か策略があるのだろう。

私と七渡君を組ませて、私に足を引っ張らせて七渡君をがっかりさせようとする思惑かもしれない。

七渡君は負けず嫌いなところがあったから、ゲームでも勝ちにはこだわるし負ければ誰よりも悔しがるはず。

地葉さんは七渡君を倒したいと言っていたけど、本音は私を倒したいということなんだろう。

「……これはあたしの優しさだから。まっ、多少は譲っても余裕ってことなんだけど」

小声で私に話す地葉さん。その言葉の真意は何なのだろうか……

もしかしたら、私は何か勘違いをしているのかもしれない。

「七渡君にウチの情けない姿を見せようってことやないの？」

「は？　それはよくわからんけど……まぁ七渡は勝負事には真剣だから、ちゃんとやってくれないと怒るよ」

やはり七渡君が負けず嫌いであることを理解している地葉さん。ちゃんとやらないと怒るというプレッシャーをかけてきている。

「真剣にやるに決まってるよ。ウチやって七渡君が負けず嫌いだってこと知っとるもん。ちゃんと勝つつもりでやるよ」

「そっ、ならいいんだけどさ」

地葉さんの思惑がどうあれ、私は真剣に挑んで七渡君に情けないところを見せないようにするだけだ。

とはいえ、ちゃんとできるかな……心配だ。

∞麗奈∞

みんなでエアホッケーをして遊ぶことになった。

あたしはあんまり乗り気じゃなかったけど、城木があたしの方を見てきたのでエアホッケーをどうしてもやりたいということだったのだろう。

リズニーストアでは城木も七渡に何かプレゼントしてもらおうとしていたようだ。

でも、あたしが七渡を無理やりレジに連れていってそれを阻止した。

その後の城木の悲し気な表情を見て、ちょっと露骨に意地悪してしまったと反省なう。

認めたくないとはいえ、七渡の大切な人である城木を傷つけるのはよくない。それで七渡に嫌われてしまっては本末転倒だ。

だからあたしは城木のためにエアホッケーに賛同し、七渡と組ませてあげた。本当は七渡と組みたかったけど、リズニーストアでの件に対するあたしの情けだ。

甘いなあたしも……恋敵とはいえ、敵に塩を送るなんて。

でも、互いに意地悪し過ぎてもグループの仲を険悪にするだけ。多少は譲り合わないと互いに居場所を失うことになる。

それはきっと城木もわかっているはず。その気持ちに応えるように真剣にエアホッケーをすると言っていたので、ここでは楽しく遊ぶことができるだろう。

「おっ、始まった」

七渡が盤上に出てきたプラスチックの円盤をこっちに向けて打ってくる。

「手加減しないよ」

あたしが勢いよく打ち返すと、城木の方に円盤が飛んでいった。

「えいっ！」

城木は勢いよく打ち返そうとしたが、大胆に空振りをしてそのままバランスを崩し、七渡の方に倒れていった。

「おわっ」

倒れてきた城木を受け止める七渡。身体は密着していて、二人とも顔を真っ赤にしている。

「は？」

ちょっと何あれ、どういうこと？

あの女、真剣にやるとか言っていたくせに、初手からわざとらしく七渡にくっついてきたんだけど!?

あんなにも七渡に近づくなんて、あたしでもなかなかしてこなかったというのに……

「ごめん七渡君」

「ドンマイドンマイ。勢いよく返すというより、最後まで円盤を見て向こうに返すことだけ意識すればいいからさ」

「うん、頑張る」

ゴールに入った円盤を回収して、七渡がゲームを再開させる。

七渡が打った円盤は廣瀬の元に行き、廣瀬が打ち返した円盤はちょうど七渡と城木の間に向かっていった。

「俺が打ち返す」

「えええっ」

七渡が声を出して打ち返そうとするが、城木は打ち返す気でいてそのまま七渡とぶつかった。

七渡の腕は城木の胸辺りに当たり、七渡は慌てふためいている。

ちょっと待って、まじ？　ねーまじなん!?　二回連続でそういうことしちゃうの？

あんなわざとくさいことまでして七渡に近づくか普通……

「ごめん翼」

「う、うん」

顔を真っ赤にして照れくさそうに謝る七渡と、胸を押さえてあわあわしている城木。

七渡は確実に城木を意識しているし、城木の作戦通りといった形になっている。

「足引っ張っちゃってごめんね七渡君」

「今のは仕方ないよ……次から真ん中に来たのは俺が返すことにするから」

城木は七渡が負けず嫌いであることを知っているとあたしに言ってきた。それにもかかわらず七渡にくっつこうってわけ？

ありえない……どんな手を使ってでも七渡に接触して、自分を意識させようってわけ？

とんでもない女ね。あんな奴に少しでも七渡の隣を譲ってあげようと考えたあたしが馬鹿だった。ムカつくムカつく。む〜。

真剣にやるって言ったのに！　あたしのこと騙して馬鹿にして！

「おいおい、そんな恐い鬼みたいな顔すんなよ。せっかくの可愛い顔が台無しだぞ」

「うっさい、あんなの見せられて怒らない方がおかしいでしょ」

隣にいる廣瀬に小言を言われたので、がるると睨み返す。

「見た目からして城木さんの運動神経は良くないと思っていたが、想像以上だな」

「わざとに決まってるじゃん、ああやって七渡にくっつこうとしてんのよ」

「そうか？　わざとならあそこまで露骨にしないだろ……」

「これだから男子は簡単に騙されんのよ」

あたしが廣瀬に呆れていると、再びゲームは始まる。

七渡が打ってきた円盤をあたしが打ち返し、七渡がそれを廣瀬に向けて打ち返した。

「ライジングサン！」

廣瀬が技名を言いながら打ち返した。何か変化が生じるかと期待したが、ただ打ち返しただけだった。何それ、技名を叫ぶ意味ある!?

城木の元に円盤が向かったので、またわざとらしくミスするのではと警戒する。

しかし、城木はシンプルに打ち返してきて、油断していたあたしのエリアから円盤がゴールに入ってしまった。

「やった！」

「おっ、ナイス」

おいおい！　やっぱり真面目にやればできんじゃん！

「やればできんじゃん！」

七渡と思ってることがシンクロした。嬉しい。

「いぇーい、ハイタッチ」

「うんっ、いぇい」

七渡は城木にハイタッチを要求し、城木は嬉しそうに七渡とハイタッチしている。

ムカつく〜七渡も七渡で、何であたし以外の女とそんな仲良くするのよ！

あたしは円盤を手に取って再び始めようとする。

次は打ち返せない攻撃をしようと城木を睨むと、あたしの方をドヤ顔で見てきた。

何なのあの勝ち誇った顔は⁉　スコアではこっちが勝ってんだけど！

あれか、勝負では負けてるけど七渡の心は奪いました的な感じかコラ！

なるほど、あえて最初はできない駄目っ子を演じて、次は本気出して頑張ったねと褒めてもらう作戦か……本当に策士だ、何か男を落とすテクニックの本でも買っているのかもしれない。

「うるぁ！」

怒りで強化されたあたしのショット。しかし、力任せにしたためコントロールがずれて七渡の元に飛んでいった。

それを廣瀬の元に打ち返した七渡。廣瀬は反応できずにゴールとなった。

「やる気がないなら帰ってよ」

「厳しい運動部の顧問かよ！　それで本当に帰ったら、さらに怒られたんだぞ」

あー駄目だあたし、イラついて廣瀬に当たってもしょうがない。

あたしの敵は城木だ。冷静になって勝負には勝つことにしよう――

＋七渡＋

「くそ～」

試合は終わり、六対三で麗奈と一樹のチームが勝利した。

やっぱり勝負事に負けるのはめっちゃ悔しいな。

「ごめんね七渡君、足引っ張っちゃって」

「翼はよくやってたよ。一樹のやつあえて俺に挑戦的な攻撃仕掛けてたしな。それを返せていなかった俺が悪い」

前半は慣れていない翼とぶつかったり触っちゃったりして集中できなかった。

子供の時は自然と触れ合ったりしていたのに、高校生にもなるとやっぱり何かよこしまな感情が湧き出てしまうな。

「やっぱり廣瀬は運動神経良いね。流石だよ」

「ミスると恐い人が隣にいたから県大会並みに真剣にやってたんだよ」

一樹を讃えている麗奈。その言葉通り一樹の運動神経は良いし、中学の頃から本気のスポーツでは勝ったことがない。

「まっ、勝利を祝して」

一樹は手を挙げて麗奈にハイタッチを要求している。

「いぇーい」

一樹の要求に応えるようにハイタッチをした麗奈。

ただ麗奈がハイタッチをしただけなのに、何故か少し心がモヤモヤするな。

俺が翼とハイタッチをした時に、麗奈も今の俺と似た気持ちになっていたのかも……

その後はみんなとファーストフード店に入り、一時間ほど話した。

中学の時は翼が吹奏楽部だったという話や、しばゆーが俺や一樹と同じバスケ部だったという話を聞いて意外な一面を知った。

まだお互いに知らないことが多いなと思う時間でもあった——


放課後の遊びの時間は終わりとなり、ショッピングモールから出た。

「それじゃあ、今日はここで解散だな」

一樹が解散の言葉を口にする。今日は楽しかったので終わりは少し名残惜しいな。

「今日はってことは次もあるの？」

しばゆーは嬉しそうに一樹に聞いている。

「当たり前だろ。みんなでいる方が楽しいし」

「やったー」

一樹の言葉を聞いて翼も嬉しそうにしている。だが、麗奈だけはこの場でただ一人、複雑な表情を見せていた。

「俺、ちょっと麗奈と用事あるから」

「え？」

俺の発言に一瞬驚いた麗奈だが、すぐに嬉しそうな顔を見せた。

「ほーい。俺こっちだけど、こっち方面の人いる？」

「柚も柚も」

一樹としばゆーは帰り道が一緒だったみたいで、二人で帰ることになっていた。

「みんな今日はありがとね。凄く楽しかったよ」

俺が麗奈と用事があると言ったため、一言告げて一人で帰り始めた翼。

「じゃあね～」

しばゆーの呑気な声が夕方の歩道に響き、俺と麗奈を残して解散となった。

「七渡、用事って何？」

「ごめん、特にない。ただ二人で話したかっただけだ。駄目か？」

「……良いに決まってんじゃん」

満面の笑みで承諾してくれる麗奈。その可愛い笑顔に思わずドキドキしてしまう。

「じゃあいつもの公園に行こう」

「おっけー」

麗奈と二人きりで歩き出す。別にそれは最近では多々あることなのに、先ほどまでは大人数でいたからか特別な感じがする。

「悪いな、急に翼としばゆーが加わって大人数のグループになっちゃって」

「まー……別に大丈夫だよ。元々あたしも七渡と廣瀬の仲に入れてもらったんだし、高校生になったら環境も多少は変化すると思ってたから」

大丈夫と口にする割には不安な表情を見せている麗奈。

「翼としばゆーとは上手くやれそうか？」

「正直、わからない。だって、まだ二人のことそんな知らないし」

「それもそーだな。まぁ麗奈が何か嫌だと思うことがあれば、気軽に俺へ相談してくれ。俺に言い辛かったら一樹もいるし」

「うん。そーする」

夕暮れの公園に辿り着き、枯葉を手で落としてベンチに座ることに。

「でも、安心して。環境がどんだけ変わっても、七渡が変わらなければあたしは大丈夫だからさ」

少し頬を染めた麗奈が隣に座っている。短いスカートからは大胆に露出した太ももが見えてしまう。

「優しいな麗奈は」

「七渡にだけね。受験勉強の時は世話になったから本当に感謝してるし」

　会話が途切れ、気まずい空気が流れてしまったので俺は別の話題を切り出すことに。

「今日エアホッケーでさ、自ら一樹と組んだり一樹のカッコイイとこ見て試合に勝ってハイタッチしてただろ？」

「うんうん」

「それが何かちょっとな」

　自分から喋りだして、俺は何を言っているんだと後悔する。これは恥ずかしいな。

「なになに〜嫉妬でもしてんの？」

　付き合ってもないのにそんなこと言ったら引かれると思っていたのだが、とんでもなく嬉しそうな表情を見せる麗奈。

「ち、ちげーよ。普通に考えれば一樹のこと好きになるだろ。あいつイケメンだし運動神経も良いし勉強もできるし……好きになってないかなと思って」

「……あたしは普通じゃないから安心して」

　確かに麗奈は普通じゃない。学校では目立つ可愛いギャルだし、考え方や行動も予想できないことが多い。口にはしないが、変わっているところは多い。

「それに、あたしは七渡の目立たないけど良いところいっぱい知ってるから」

　麗奈のフォローに不安や焦りは消えていき、俺の心は満たされていく。

「例えば？」

「教えなーい。それはあたしだけが密かに知っていたいからさ」

手で口を押さえ、教えないと口にする麗奈。そんな可愛い仕草を見せられると照れるな。

「あたしって七渡のことだけ名前で呼んでるじゃん？」

ベンチから立ち上がった麗奈は俺に背中を向けて語りだす。

「うん」

「それってさ……特別だからなんだよ」

麗奈からの嬉しい言葉に胸の鼓動は高鳴っていく。確かに一樹のことは廣瀬と苗字で呼んでいて、俺だけは七渡と名前で呼んでいる。

背中を向けている麗奈の表情は見えない。どうにか振り向いてほしくて、俺は立っている麗奈の手を摑んでいた。

「麗奈」

「ひゃっ」

驚いた麗奈は高い声をあげて、俺の手を慌てて払いのけた。

「ど、どうしたの？」

「あっ、ごめん……」

ビックリしたからだと頭では理解しているが、拒絶されたみたいで少し傷ついた。

「いやいや、こっちこそごめん。恥ずかしかったからさ……」

一樹とは自然にハイタッチとかしていたのにーと複雑な感情が湧き出る。

でも、先ほどの特別という言葉が脳裏によぎった。

もしかしたら俺を特別意識しているからこそ、麗奈は俺に対してだけ極端に恥ずかしくなってしまうのかもしれないと。

「麗奈が俺の前でだけ極端に恥ずかしがるのって、友達とかよりももっと特別な……」

「ち、違うから！　己惚(うぬぼ)れんなし！」

あっ、違ったみたい。恥ずかしー……

「そ、そうだよな」

「恥ずかしいのはね、何というか、えっと、そのー……」

困っているのか答えを濁している麗奈。俺には言えない理由なのだろうか……

その後は微妙な空気が流れてしまったので、このまま帰ることにした。

◇翼◇

「ふぅー……」

家に辿り着き、リビングのソファーに深く腰掛ける。

今日は少し疲れたけど、七渡君やみんなと遊ぶのは楽しかったな〜。

地葉さんとのひと悶着もあったけど、別にそれも嫌なわけじゃない。

大好きな七渡君のためだから、私は地葉さんとの争いも受け入れられる。

最後のエアホッケーでは地葉さんの思惑通りに進み、七渡君に情けない姿を見せて足を引っ張り、勝負に負けさせてしまった。

でも七渡君と一緒にゲームできて本当に楽しかった。得点を決めた時にはハイタッチもしたし、事故とはいえ七渡君に抱きしめられたりしちゃった。

結果的には私は満足だった。地葉さんはざまぁみろとか思っているかもしれないけど、私にとっては大切な思い出になった。

気がかりなのは、最後に七渡君が地葉さんと用事があると言って二人でどこかへ行ってしまったことだ。

どんな用事かは知らないが、悪い光景しか頭に浮かばない。

今頃地葉さんは七渡君を誘惑して、キスとか迫っているのかもしれない。そう考えると胸が痛くなる。

でも、私には七渡君との空白の期間があるため、それを埋めるのに焦ってはいけない。

今は地葉さんに分がある。だから我慢の時間だ。

七渡君と地葉さんの間に何があったって全部私と上書きしていけたらいい……って何考えてるの私は！　ばかばか！

頭を抱えて悶（もだ）えていると、音が鳴ったスマホに驚く。

画面を確認すると、柚癒ちゃんから着信が来ていたので通話を開始することに。

「もしもし、どーしたの柚癒ちゃん？」

『あのグループに入れてどういう心境かなと思いまして』

どうやら柚癒ちゃんは今日の感想というか、今の私の心境が気になったようだ。

「……今日はありがとーね。おかげでみんなと一緒にいられるようになったし、楽しかった。本当にありがとう」

『ぜんぜんお安い話だって。柚もみんなと一緒にいられるし、一石二鳥だったよ』

「うん……本当に良かった」

『……なんか楽しかったと言う割には、翼ちゃんの声元気ないね』

私の些細（ささい）な変化にも気づいている柚癒ちゃん。やっぱり観察力というか洞察力があるのかな。

「楽しかったんやけど、ショック受けたこともあってね」

『言ってみそ』

「リズニーストアでさ、地葉さんが七渡君に猫耳の帽子姿見せた時にさ可愛いって言いよってて、ウチの時は似合うなって言われちゃって。そのなんか……」

『それは傷つくね……天海っちは素直に答えてるんだろうけど、その素直さが時に人を傷つけるってやつ』

「キーホルダーの時も地葉さん可愛くおねだりしてて、七渡君も嬉しそうにしてて良い関係性築けてるなって。すごく羨ましいよ……」

地葉さんと近い関係になったからこそ、七渡君との特別な関係性を見せつけられた。私に七渡君を譲る気が無いことも伝わった。でも、七渡君を好き勝手扱われるわけにはいかないし、私はもう一度七渡君と関係をやり直したい……

「七渡君と地葉さんの関係を間近で見て、そういう差みたいなの肌で感じちゃって。ウチの入る隙がなかったというか、地葉さんが強すぎるというか」

『確かに地葉ちゃんは普段クールで時に甘えてて、男にとっては嬉しい限りかと』

柚瘉ちゃんも地葉さんの性格に太鼓判を押している。

「地葉さんは異性として見られとるけど、ウチは七渡君から兄妹みたいな感じにしか思われてないというか……うぅ」

地葉さんは明らかに七渡君へ執着している。七渡君もそれをどこか嬉しく思っているように見える。二人はそれを明確にはしていないみたいだけど。

『そこまで思い詰めなくても。二人は付き合ってもないんだし』

「でも、地葉さんの方が可愛いもん」

『じゃあ諦めるの？　七渡君がまた遠くに行ってもいいの？』

「……諦めたくない。もう七渡君が遠くに行くんは嫌。絶対に」

『なら頑張るしかないじゃん。状況が不利でもさ。それに、中途半端に諦めたら絶対に後悔すると思うよー』

柚癒ちゃんの言う通り、地葉さんがいるから諦めたなんてことになればこれからずっと後悔し続けると思う。せっかく東京にまで会いに来たんだし。

「どうやったらウチも七渡君に異性として見られるかな？」

『まぁぶっちゃけ、翼ちゃんって地味じゃん？』

「酷(ひど)い！　自分でもわかっとるけど！」

『自分でもわかってるのに、何で地味にしてるの？』

「今までその……好きな人とかいなかったし。七渡君は遠いところにいて、可愛くしてもウチを見るわけやないし。可愛くする理由とか意義を見出せなかったというか」

『だろうと思った。でも今はもう、天海っちは隣にいるじゃん』

「そうだけど、急に可愛くって言われてもどうしていいかわからなくて。今までそういうのサボってきたこと後悔中だよ」

普通の人は好きな人がいなくても、可愛く見られたいから容姿とか気遣うのだろうけど私はそういうのには無頓着でずっと地味だった。

今になって七渡君に可愛く見られたいと思っても、何から手をつけていいのか……

『じゃあさ、今度の休日二人で出かけよ。美容院とか予約して、その長い髪もばっさりしてイメチェンだ』

「都会の美容院とかよくわからんよ～」

『大丈夫、柚が予約とか店員さんにどんな感じがいいか伝えてあげるから』

「……本当に何から何までありがとう柚癒ちゃん」

『別にいいって。面白そうだし』

自分も楽しめるからという理由もあるようだけど、人のためにここまでしてくれるなんて柚癒ちゃんには頭が上がらないや。

『眼鏡もやめて、カラコンにして瞳を大きく見せよう。地味からの脱却』

「変にならないかな？」

『大丈夫だよ、翼ちゃんオシャレすれば可愛くなりそうだから』

確証はないが期待はしている様子の柚癒ちゃん。

「変になって嫌われたらどうしよう」

『ネガティブ禁止～可愛くなって、天海っちから好意向けられるかもよ』

「そ、そうなったら……」

七渡君に好意を向けられる姿を妄想して、顔がにやけてしまう。

『今の美容院は凄いんだから、もっと楽しいこと妄想していいと思う』

妄想していたのがバレてたのか、柚癒ちゃんに半笑いで言われる。

私が可愛くなったら七渡君は、どういう反応するだろうか？

七渡君にもっと好かれたいな――

第３章　チェンジ

∞麗奈（れいな）∞

「麗奈……」

「なーに七渡（ななと）？」

七渡に呼ばれたので返事をした。

ベッドに座っている七渡は隣に来てとあたしを手で招いている。

あれ、何であたし七渡の家にいるんだっけ……ぜんぜん思い出せないや。

「本当に可愛（かわい）いな麗奈は……もっと間近で見たい」

あたしの腰を抱き寄せて見つめてくる七渡。えっ、何この展開？

恥ずかしいし身体（からだ）があっつい。心臓がはちきれそうだ。

「ちょっと待ってよ七渡」

「どうして？」

力が入らなくて七渡の手から抜け出せない。

「恥ずかしいから」

「俺のために我慢してくれ」

「あんっ……」

服の上からあたしの胸を触る七渡。まったくこんなことして……七渡じゃなかったらぶん殴っている。ぼこぼこだもん。

「あたし達、友達でしょ？」

「こういうことする友達関係もあるだろ？」

「もぅ……」

七渡がそういう関係を望むのなら、あたしは受け入れる。

七渡の要求は全て受け入れてあげたいから。

「失礼します」

「ちょ、ちょっとそこは！」

抵抗できずに七渡になされるまま、あたしは手のひらで転がされる。

「ばか、ばかぁ〜」

あたしは文句を言いつつも、七渡から求められることが嬉しくてたまらなかった。

こんな幸せな時間がずっと続けばいいのに――


「いや夢かよ！」

意識を取り戻すと、あたしの傍には誰もいなかった。

七渡との関係がステップアップしたかと思ったが、それは夢の中の話だった。

「七渡～」

大きな枕を抱きしめて、七渡の名前を呼びながら足をばたつかせる。

今思い返すとめっちゃ恥ずかしい、現実であんなこと起きたら卒倒してしまいそうだ。

それにしても、朝からめっちゃ汗かいちゃったな……着替えないと。

時計を確認するが、普段より三十分も遅く起きていた。

シャワーを浴びる時間も無いか……軽くデオドラントケアして化粧に時間を回そう。

「ふんふ、ふ～ん♪」

朝から七渡の夢を見ることができたので、時間の余裕はないがテンションは高い。自然に鼻歌も出てしまう。

とりまヘアアイロンをして、カラコン入れーのアイラインだけ書こう。マスカラは省略して学校でやればいいか。

……七渡とのあんな夢を見るようになったのも、高校生になって距離感がより近くなったからだろうか。

城木（しろき）が現れたため、あたしは七渡を取られないように一歩距離を詰めた。それが功を奏したのか、七渡と友達以上の関係に近づきつつある。

つまり、あたしはピンチをチャンスに変えていたわけだ。やるじゃんあたし。

ショッピングモールで遊んだ時の帰りも、七渡は自らあたしと二人きりの時間を作ってくれた。

廣瀬（ひろせ）に嫉妬していたことを伝えてくれたり、自らあたしに触れたりもしてきた。きっと七渡の中でもあたしの存在は大きくなっているんだ。

でも、少し不安もある。それは七渡が好意を明確にさせようとすることだ。

あの公園での時も七渡はあたしの好意に気づき、それを明確にさせようとした。七渡の予想は当たっていたが、あたしはあえて否定をした。

七渡は誰かと付き合うことにトラウマがあるから、あたしのことが好きでも告白は断られる可能性が高い。

七渡があたしと付き合いた過ぎてどうしようもなくなった場合も、向こうがあえてあたしと距離を離してくる可能性もある。

距離が近づき過ぎても、それはそれで問題が生じる。もどかしいな……

どちらにせよ最低限の距離は保ち続けなければならないかな。七渡を取られないように近づいて、逆に離れていくことになったら本末転倒だし。

まっ、城木との勝負は圧勝ということでいいだろう。ウィナーあたし。

七渡に何かしてあげることもなく自分のことで精一杯だったみたいだし、身体でアピールなんてみっともないことをしている始末。

あの様子じゃあ七渡があたしを差し置いて城木を好きになることもないだろうし、城木が告白しても七渡がトラウマを乗り越えてでも付き合おうとは思わないだろう。

そもそも過度に心配し過ぎていたかな……

幼馴染の地味な女とオシャレで可愛いあたしなら普通の人はあたしを選ぶ。

城木が美人でクラスのアイドルとかだったら今頃は大変だったけど、現実は鈍くさい田舎娘だ。

あたしに挑むくらいなら、もっとオシャレして可愛くしてこないと話になんないっつーの。あたしは毎日、時間かけて自分磨きしてるんだもん、他の呑気な女子高生に負けるはずがないし。オラオラ。

どうせその内、城木の方から諦めて身を引いていくだろう。逆襲なんてありはしない。

セットを終えたあたしは化粧ポーチを鞄に詰め込み、駆け足で家を出た。

「おはよー七渡」

いつもの待ち合わせ場所である公園に着くと、今日は一足先に七渡が待っていた。

あたしを目にした七渡は嬉しそうな表情を見せている。

好きとは口にできないので、頭の中で留めておくことにした――

＋七渡＋

麗奈と教室へ入ると、何やら普段よりもクラスメイト達がざわついていた。

まるで転校生がやって来る日みたいだなと思うが、まだ新学期は始まったばかりなのでその可能性は無さそうだ。

「何かあったのか一樹？」

俺は教室の後ろで突っ立っていた一樹に声をかける。

「面白いことになった」

「変なマスコットキャラクターが出てきて、デスゲームでも始まったのか？　クラスメイトで殺し合いの始まりだとかいうやつ？　物語後半、絶対にグダるやつ？」

「七渡に関することだぞ」

「俺ぃ⁉」

まさかの俺に関することで騒動が起きているようだ。

「その面白いこととはいったい？」

「そろそろ戻ってくるんじゃないか？　今はお手洗いの鏡で最終チェックをしているみたいだ」

翼としばゆーが教室にいないので、何か関係していそうだな……

「もしかして城木？」

麗奈は一樹を睨みながら質問している。

「まっ、そんな感じだな」

一樹のはぐらかした回答。だが、翼に関することではあるようだ。

「俺はこんな日が来るのではと予想していたが、地葉には面白くないかもな」

「……なんとなく察しはできたけど、別に何かが劇的に変わるわけじゃないと思う。みんな大袈裟すぎるんじゃないの？」

二人は何かわかりきった様子で会話しているが、俺は蚊帳の外だ。

「大袈裟なんかじゃない。予想してた俺でさえ驚いて二メートル飛んだからな。今でも足が震えている」

「大袈裟の極みじゃんか」

一樹の足は一切震えていないので、冗談を言っているみたいだ。

「ちょっと天海っち、そのテープが張られた位置で廊下側向いたまま立ってて」

教室に入ってきたしばゆーに、立ち位置を指定される。教室の床に蛍光テープ貼って立ち位置を指定するほどの発表なのか……

「いったい何をするつもりなんだしばゆーよ」

「天海っちは女神って見たことある？」

「急にどうした？」

「柚は見た。ただそれだけの話」

ニヤリとしながら教室を出ていったしばゆー。意味深過ぎるな……これから何が起こるのか見当もつかない。

ガラガラと教室の扉が開き、見知らぬ可愛い生徒が入ってくる。

ショートカットで大きな目がくりくりとしていて可愛い。あどけなさの中にもどこか大人っぽさがあって、魅力的な人だなと思った。

クラスメイトではないので、誰かに用事があるのだろうか。俺は指定されたポジションに立っていなければならないせいで彼女の前から動けない。

「……七渡君、変じゃないかな？」

知らない女性から聞こえてきた、馴染みのある声。

俺の目の前にいる女性は、見知らぬ生徒ではなく友達だった。

「つ、翼か？」

「うん……やっぱり変？」

どうやら翼は俺の知らないところでイメチェンをしてきたようだ。

長い髪をばっさりと切ってショートカットになっている。眼鏡も外してコンタクトにしているのだろう。スカートも短くなっていて、女性らしさが強くなっている。

翼のまさかの姿に俺はどこか浮ついた気持ちになる。翼と聞いてからは、何故か恥ずかしくて直視ができないでいる。

「変じゃない。可愛いよ翼」

「本当に!?　嬉しい……凄く嬉しいよ」

笑顔が眩しい翼。これはあれだな……女神だ。

「でも、急にどうしたんだ？」

「昨日ね、柚癒ちゃんに一緒に美容院に行ってもらって、それで……」

地味という印象だった翼が今では眩しくてアイドルみたいな女の子になっている。

「七渡君に、もっとウチのこと見てほしい」

目を逸らしがちだった俺の元に一歩距離を詰めてくる翼。思わず後退りをしてしまうほど、今の翼は輝いて見える。

「そ、その、恥ずかしくて……ごめん」

「ふふっ、いいよ」

俺の反応を見てさらに嬉しそうにする翼。そんな小悪魔的な反応をされると、思わずドキドキしてしまう。

今までは妹みたいな存在として見ていたが、雰囲気が一変するとより女の子として意識してしまう。目線を下げてもスカートが短くなっているため、太ももが大胆に見える。

「こんなに可愛くなったらめっちゃモテるんじゃないか？」

「そんなことないよ……それに今は七渡君と仲良くしたいし」

おいおい、そんなこと言われちゃうとめっちゃドキドキしてしまうだろ。俺とこれ以上仲良くなるって、勝手にその先とか想像しちゃうだろ。

「どっすか天海っち？　今のお気持ちは？」

エアマイクを向けて俺にインタビューしてくるしばゅー。

「雰囲気がガラリと変わって、何だか不思議な気分だな」

「そう、可愛いは作れる」

どこかで見たＣＭの決まり文句を言いながら、嬉しそうにしているしばゅー。

「色々と翼の相談に乗ってあげてるみたいだな。俺からもありがとう」

「友達だから当然じゃーん。それに翼ちゃんが可愛くなるところは柚も見たかったしさ」

頭の後ろに手を回し、翼の笑顔を見て自分のことのように嬉しそうにしているしばゅーは本当に良い奴だ。友達になれて良かったな。

「地葉さん、どうかな？」

翼は下を向いていた麗奈の元に行き、感想を求めている。

「……まぁ、前よりは良いんじゃない？」

素直に可愛いとは褒めない麗奈。翼は麗奈とタイプは違うが、麗奈に匹敵しそうな可愛さを手に入れている。

「そうだね。もう前とは違う」

自信に満ちた顔で麗奈を見ている翼。麗奈は少し不安そうな顔をしている。

「言っとくけど、あたしはずっと前から可愛くなる努力を続けてるよ」

「……ウチもまだ始まったばかりだと思っとるよ」

笑顔で睨み合っている両者。まだ二人が仲良くなったとは言い難いが、互いを認め合っている印象だ。

「七渡っ」

「七渡君！」

「はいっ」

二人は俺の方を向いて同時に名前を呼んできた。

「あたしの方が先だった、邪魔しないでよ」

「ウチの方が先やった」

どっちが先に俺を呼んだか張り合っている二人。可愛い二人がじゃれ合っている姿は見ていて和むな。

「なに呑気な顔してんだよ、こっちはヒヤヒヤしてんのに」

一樹から小言を言われる。何かを危惧しているみたいだ。目に見える問題は特になさそうだが……

「柚も心機一転して、明るい緑色の髪とかに染めようかな」

「そんな不祥事起こしそうなユーチューバーみたいな髪色にすんなよ」

翼に触発されたのかイメチェンを考えているしばゆー。翼の影響でみんなが変化を求め始める問題が起きてしまっていたのか……

四時間目は体育の授業となった。

体育館での授業であり、左半分では男子がバレーボール、右半分では女子がバスケットボールを行うみたいだ。

「ちょっと寒いな」

みんながジャージ姿の中、俺は半袖の体操着だったのでちょっと浮いている。

「ジャージ忘れたのか？」

体育館で合流した一樹が俺を奇異な目で見てくる。

「麗奈が忘れたから貸してあげた」

「相変わらず地葉には優しいな」

「そりゃ友達だし、可愛いし」

麗奈に貸して～と可愛くおねだりされて断れる男はいないだろう。二秒で貸した。

チーム分けが行われたので、俺と一樹はクラス唯一のバレー部である山影（やまかげ）君のチームに加わった。

「みんな、バレーのルールは理解しているか？」

山影君は早速、メンバーの六人にルールを理解しているかを確認してきた。

「俺達を誰だと思っているんだ？」

俺は他のみんなを代表して一歩前に出る。

「誰なんだよ」

「ハイキュー世代だよ。ルールはハイキューで理解した」

俺の言葉に周りにいたメンバーが全員頷く。そう、俺達はバレーをしたことはないが人気漫画の影響でルールは理解できている。

チーム内での連携を深めるため、ボールを軽く打ってラリーを続けることに。

「七渡～頑張ってねー」

女子のエリアから手を振って応援してくれる麗奈。女子達との境にはネットが張られているだけなので、どちらの様子も丸見えとなっている。

麗奈は俺の貸したジャージを着ているため、サイズが大きくてぶかぶかだ。

袖からは指がちょこんと出ていて可愛らしいし、麗奈が俺のジャージを着ているというだけで幸福感に包まれる。

「おう、頑張る」

気さくに答え麗奈に親指を立てると、スピードの速い強力なボールが飛んできた。

「うわっ、あぶねーぞ山影君。スパイク打つなや」

「羨ま死刑だコラ！　俺だってギャルの彼女に自分のジャージを着てもらいたい人生だったよ！」

　嫉妬で荒れている山影君。麗奈は誰かに呼ばれて去っていったため、これ以上の怒りは注がれないはず。

「七渡君……応援しとーよ。怪我しないように気をつけてね」

　顔を真っ赤にしながら俺に手を振って応援している翼。東京では馴染みのない博多弁の応援に、その言葉を聞いた誰もがほっこりとしていた。

「死ねやおらぁあ！　俺だって女子に応援されたい人生だったよ！　何で男子バレー部には女子マネがいねーんだよオラ！」

　山影君から怒りのスパイクが再び放たれたが、翼の前でカッコ悪いとこは見せられないのでレシーブして一樹に繋げた。

「凄いよ七渡君、かっこいい」

　可愛くなった翼に褒められると、何だかドキドキしてしまう。顔も見られないな。

「人気者だな七渡は。地葉と城木以外にもみんな見てるぞ」

　練習を終えた一樹が俺の肩に手を乗っけてくる。

「翼と麗奈以外はみんな一樹のこと見てんだよ。言わせんな」

一樹はイケメンのため女性からの視線を集めてしまう。そして、その一樹の傍に常にいる俺はそのおこぼれで見られることも多い。

「誰かと付き合ったりしないのか？　連絡先とか頻繁に聞かれてんだろ」

「同年代とはあまり付き合う気にはなれないな。年上の女性が好みだしな」

一樹は中学生の時から先生とか俺の母親とか好きになっていたからな。人の趣味嗜好にとやかく言うつもりはないが、せめて学校の先輩レベルにしてほしいものだ……

◇翼◇

七渡君に可愛いと言われた。それがたまらなく嬉しかった。

似合ってるじゃなくて、今度は可愛い。その違いは私の中で本当に大きい。

柚癒ちゃんと一緒に美容院に行き、長い髪をばっさりと切ってショートカットにした。

オシャレも意識して、カラコンにして目を大きく見せたり化粧も少ししてみた。

七渡君が私を見る目には明らかに変化があったし、私を見て照れていたのが印象的だった。女性として見られるというのは、こういうことなんだろう。

「翼ちゃん、今日はずっと嬉しそうだね」

他チーム同士での試合が始まった体育の授業のバスケ。隣でその様子を見ていた柚癒ちゃんが私に話しかけてきた。

「そりゃあだって……うん。七渡君に可愛いって言われたから」

「なんという純情な感情。あの男にはもったいないよ」

柚癒ちゃんの言うあの男とは七渡君のことだろう。

柚癒ちゃんは七渡君に惹かれてはいないみたいだ。個人的にはこれ以上ライバルは増えてほしくないからホッとしているんだけど。

「相変わらず七渡君には厳しいね柚癒ちゃんは」

「柚のタイプじゃないからね。それなのに可愛い翼ちゃんや麗奈んに好かれているなんてさ……もちろん、友達としては良い奴だけどね」

いつの間にか地葉さんを麗奈んと呼んでいて、距離感が変わっている。地葉さんとは表向きには友達なので、いつまでも地葉さん呼びではいけないのかもしれない。

「はーだるっ」

「あっ麗奈んが戻ってきた」

お手洗いから帰ってきた地葉さん。授業中なのに先生へ何も言わずにお手洗いに向かっていたのを見て凄いなと感心していた。

私は臆病だから地葉さんのようにマイペースに行動できない。世間からはヤンキー気質と揶揄されそうだけど、もう地葉さんはあのキャラでまかり通っているので誰も何も言わない状況だ。

「天海さん、そろそろ試合始まるよ」

私達のチームのキャプテンである小黒さんが地葉さんに声をかけるが、名前が間違っている。

「あたし地葉だけど……」

「えっ、ごめん。そうか、それ自分のジャージじゃないんだ」

どうやら小黒さんは地葉さんが着ているジャージの胸元の名前を見て、七渡君の苗字を呼んでしまったようだ。

七渡君のジャージを着ているなんて本当に羨ましい。私も着てみたいな……めっちゃ七渡君の良い匂いしそう。って、私なに考えてるの！

「本当にごめん」

地葉さんは周囲から恐れられていることもあって、小黒さんは青ざめた顔をして本気で謝っている。

「別にいいよ。将来的には天海になるかもしれないし」

ええええ!?　それってどういうことなの地葉さん！

「そ、それってどげな意味なの地葉さん！」

私は慌てて地葉さんに問いただす。聞き捨てならなかった。

「じょ、冗談だから」

「……そ、そうだよね」

私の切羽詰まった様子に引いている地葉さん。七渡君のことになると敏感になっちゃうのは私の悪い癖だな。恥ずかしい……。

私達のチームの試合が始まると、現役バスケ部の小黒さんや元バスケ部の柚癒ちゃんの活躍もあって勝つことができた。

中学時は帰宅部だった地葉さんも運動神経が良くて、私だけ足を引っ張る結果になってしまった。

容姿は見違えるほど変わっても、やっぱり中身は変わってないみたい――

「お疲れ〜」

授業は終了し、合流した七渡君と廣瀬君が労い(ねぎら)の言葉をかけてくれる。

「七渡君、スポーツしとる姿もかっこよかったよ！」

私は素直な気持ちを七渡君に伝える。七渡君に可愛いと言われ少し自分に自信が湧き、大胆に気持ちを伝えられるようになった。

「あ、ありがとう」

照れくさそうにしている七渡君。普段の穏やかな姿は見ていて癒(いや)されるし、スポーツをしている時の熱い姿はカッコイイ。好き。

「うぇーい」

何故(なぜ)か七渡君に拳を向けている地葉さん。どういうことなんだろう……

「うぇーい」

七渡君は地葉さんに合わせて拳を優しくぶつけ楽しそうにしてる！

何そのやり取り!?　心が通じ合う感じが羨ましい！

「ジャージありがとね七渡。おかげで温かい」

「どういたしまして」

やっぱり地葉さんと七渡君の関係には、まだまだ私が入れないような強い繋がりが見える。心が通じ合っているというか、一緒にいて自然な雰囲気が本当に羨ましい。

それはまるで、許嫁(いいなずけ)になる前の私と七渡君の関係に近い。異性としての感覚より、友達としての感覚が勝っていたあの頃だ。

あの時は毎日が幸せだった。もう一度、あの日々を取り戻したい。

「反して天海っちは寒そうだね」

「地味に寒がりだからな」

「風邪引いちゃだめだよ～ぽかぽかしないと」

七渡君の背中に抱き着く柚癒ちゃん。思わずその左肩に手を置いたが、地葉さんも同じタイミングで柚癒ちゃんの右肩に手を置いた。

「しばゆー何してんのかな？」

「あの、柚癒ちゃん？」

地葉さんと同時に柚癒ちゃんを牽制していた。気持ちは同じみたいだ。

「ちょ、ちょっとお二人とも目が恐いんだけど」

私達の様子を見て慌てて七渡君から離れた柚癒ちゃん。

きっと七渡君とは友達と割り切っているために、先ほどのような大胆な行動がとれるのだろう。だが、それがしたくてもできない私達は見過ごせない。

「あんた男に簡単にそんなことしていいの？」

「いや、天海っち寒そうだったから」

柚癒ちゃんの回答に呆れた様子を見せる地葉さん。

「城木も何か言ってやって」

「柚癒ちゃん、もう二度としないでね」

「翼ちゃんが一番恐い⁉」

私の忠告に怯えている柚癒ちゃん。だって、柚癒ちゃんとはいえ七渡君に女の子がべったりとするのは嫌だもん。

「ナイス城木」

私の発言を聞いて笑っている地葉さん。

私のことを嫌っていると思っていたため仲良くなるのは難しいかと思ったけど、地葉さんは私のことが嫌いではないのかな？

私の七渡君に対する気持ちが嫌いなだけなのかも……それが今のやり取りでわかった気がしてホッとした。

きっと七渡君を助けるためとなれば、私達は一番信頼のおける仲間になることができそうだ。少しずれた歯車が合わされば、もっと仲良くもできる未来があるかもしれない。

「七渡をあたしの匂いで染めちゃおう」

地葉さんは七渡君のジャージを脱いで自前の香水をかけている。

あんなことしたらせっかくの七渡君の匂いが消えちゃうじゃん！　意味わかんない！

駄目だ……やっぱり地葉さんとわかり合える日は来なそう。

＋七渡＋

昼休みになり、いつものみんなと机を合わせて食事をすることに。

俺と一樹と麗奈はコンビニで買ったパンやおにぎりを食べる。翼としばゆーは弁当を持参しているみたいだ。

「天海っちって好きな食べ物なんなの？」

しばゆーは俺の好物について聞いてきた。

「ピザとかパスタとか洋食系が好きだな」

「ふーん。廣瀬君は？」

「ウインナー」

「そうなの!?　じゃあ今度、たこさんウインナー作ってくるから食べてみてね！」

あまりにも露骨に反応が違うしばゆーに溜息（ためいき）が出る。流石（さすが）の俺も傷つくぞ。

きっと俺は一樹の好物が聞きたいがための前置きだったのだろう。

「な、七渡君、美味しいパスタ作れるように練習しとくね」

「あ、ああ。ほどほどにな」

健気な翼の言葉に癒されるが、そこまでしてもらわなくても大丈夫なのにという負い目が生まれてしまう。

「七渡～チョコちょうだーい」

「ほら」

俺は隣にいた麗奈にコンビニで買ったチョコを渡す。二人が加わっても以前と態度を変えない麗奈。一緒にいると落ち着くな。

「天海っちって、好きな女性のタイプとかあるの？」

再びしばゆーから質問される。きっとこれも本当は一樹に聞きたいけど、いきなり一樹に聞くと露骨になってしまうので俺を通してからという思惑だろう。

「急に言われてもな。あんまり意識したことない」

「じゃあ何フェチとかは？　うなじが好きとか太ももが好きとか？」

あまり女性の前でそういう類の話はしたことがないので恥ずかしいな……

「そうだな……麗奈」

「えっ、あたし!?」

　俺が名前を呼びながら麗奈を見ると、驚いた表情を見せる。

「麗奈ってセーター着てるだろ？」

「うん」

「その裾をどっかに引っかけたのか糸が大きくほつれてるじゃん？　そこの部分とか好きだな」

　俺の回答が変だったのか、空気が静かになってしまう。

「出たな七渡のゴミフェチ」

「ゴミフェチ言うなや一樹」

　一樹には前に言ったことがあるので、意味を理解してくれているようだ。

「人間じゃなくて服じゃん。やっぱり天海っちって変わってるね」

「生活感がある感じが好きってことだよね？」

　翼が俺の言葉を綺麗にまとめてくれる。理解してくれるのは嬉しいな。

「ほれほれ～」

　ほつれているセーターの裾を猫じゃらしのようにして、ふりふりと振って見せてくる麗奈。可愛すぎて痺れるな、二ターンは行動できなそう。

「廣瀬君は何フェチなの？」

しばゅーはやはり一樹にも話題を振った。そういえば一樹のそういう話題はあまり聞いてこなかったな。

「人の笑っている顔が好きだな。笑顔フェチ」

おぉ～と女性陣から歓声が漏れている。何この反応の違いは……今度から俺も真似して笑顔フェチと言って、好感度上げまくろ。

「そ、そうなんだ。にへへへ」

しばゅーは不自然な笑みを見せながら返事をする。流石に露骨過ぎるだろ。

「何その顔っ」

珍しく麗奈が噴き出して笑っている。

「柚の天然にっこりスマイルを笑うな～」

しばゅーの腑抜けた声にみんなが笑った。

こういう何気ない時間が本当に楽しい。

俺はこの関係をずっと続けていきたいと、改めて強く思った――

∞麗奈∞

放課後になり、クラスメイト達はそれぞれに散らばっていく。

七渡と廣瀬は部活に入らなかったこともあって先生から委員会に無理やり入らされており、今日はその委員会での活動があるので遊べなくなった。

そのため、今日は城木と二人で帰る。しばゆーは家が逆方向だし委員会にも入っているので、避けては通れない事象だ。

「はぁ……」

あたしは深い溜息をついてしまう。

イメチェンが成功して自信が湧いているのか、城木は七渡との距離を今までよりも一歩詰めていた。

七渡のことを常に目で追っているあたしには、そういう小さな変化もわかってしまう。

今まで城木を地味で目立たない女だと思っていて、どこか軽視していた。

だが、今の城木は悔しいけど可愛い。博多弁（はかたべん）ということでは珍しい癖もあって、他の男子からも注目を浴びている。

このままだと七渡が取られちゃう気がしてきて、少し身体（からだ）が震えている。嫌だなぁ……

「地葉さん一緒に帰ろ」

「うん。そのつもりだった」

城木と二人で学校を出る。隣を歩く城木はキラキラとしていて、まさに絶好調といった感じが伝わってくる。ぶつかったらクラッシュしちゃいそう。

「何で急にイメチェンしてきたの？」

「え、えっと……自分を変えたいって強く思ったからかな」

少し言葉に迷いながら回答する城木。女性の誰しもが可愛く生まれ変わりたいと思っているが、翼のように大成功するパターンは稀だ。

「その自分を変えようとした理由を聞いてるの」

「……地葉さんに負けたくないからだよ」

あたしの目を見て負けたくないとはっきり口にした城木。ぐぬぬ……

「何の勝負？」

「ウチは七渡君にとって一番大切な人になりたい」

何で今日の朝までは余裕で勝てると思っていた相手を、こんなにも脅威に感じてしまうのだろう。イメチェンをしたから？　それとも決意を口にされたから？

「……そのためには、ウチは何だってするよ」

きっと、あたしが城木の覚悟に気づいてしまったからだ。

七渡のために引っ越してきて、七渡のために自分を変えて、七渡のためにあたしの前に立っている。

自己中心的なあたしとは真逆だ。城木は七渡のためなら自分のことはどうだっていいのかもしれない。

つまり、城木は人生を懸けている。七渡のことが全てだと思っている。

たとえどれだけあたしが優位な立場でいようが、決死の覚悟で飛び込んでくる相手には脅威を感じざるを得ない。

自分の中の焦りが強くなっていく。どうにか丸め込まないと、取り返しのつかないことになりそうな不安に襲われてしまう。む～。

「……あたしだって、負ける気なんてさらさらないけど」

大丈夫、七渡を思う気持ちはあたしだって負けていないはず。

逆にこんな人生を懸けている重い女が七渡につきまとうことになれば、それこそ七渡の人生を狂わすことにもなるかもしれない。

七渡に相応しいのはあたししかいない……あたししかいないの。

前を向いて城木を見つめる。互いに目を逸らさずに、向き合っている。

「でも、このままじゃあのグループにとっては良くないと思っている」

あたしは自分が勝つために、とある考えに至る。

「確かに……お互いの気持ちが強過ぎると、自分勝手な行動が増えてみんなに迷惑をかけちゃうかもしれないね」

「でしょ？　だから、お互いに最低限のルールは制定するべきだと思っている」

少しでも優位性を保つには、自分のやり方に相手を引き入れる必要がある。城木のルールではこちらが不利になるからね。

「ルールって例えばどんなの？」

今一番危険なことは城木が後先考えずに七渡へ告白をすること。それは、グループが解散になり得る危険な行為だ。結果がどうであれ、絶対に阻止をしたい。

「告白はしない」

「えっ……」

やはり、城木は素直には頷かない。隙あらばというか、七渡からの好意が高まれば付き合おうと思っていたのかもしれない。

「何で？　地葉さんも七渡君と付き合いたいと思うでしょ？」

「そうだね。でも、それ以上にあたしはグループの関係を大切にしている。七渡と付き合えることを最優先にはしていないもん」

本音を言えば七渡と付き合いたいに決まっている。

でも、統計的に高校生のカップルっていうのは長く続かない。一年間も付き合えれば御の字。そのまま結婚なんてケースは一割以下。学生カップルなんて別れるために付き合うようなものだ。

七渡と別れて気まずくなったら嫌だし、それならずっと友達のままでいたい。

「別にこれはあたしと城木だけの問題じゃないの。グループが解散となれば、七渡はもちろん、廣瀬やしばゆーにも迷惑かかるでしょ？」

「それは……」

友達の名前を出したけど、結局は自分の居場所を守りたいだけだ。

あたしってば嫌な女だな……

「……ウチもみんなといるの楽しいから、そこは確かに抑制した方がいいかもしれない」

「でしょ？　だから告白はしないルール。どう？」

「いいよ。でも好きだから付き合いたいとは思う。だから、七渡君から告白された場合は許してね」

「その場合は……仕方ないでしょ」

譲歩した形となったが、あたしは最初からそのつもりだった。

七渡から告白してきた場合は、あたしも受け入れるしかない。むしろ、それこそが七渡との一番良い付き合い方だ。こっちから別れを告げない限り、一生一緒にいれそうだし。

「もちろん、七渡君が地葉さんに告白した場合もウチは受け入れる。恨みっこ無しだよ」

「わかってる」

七渡は過去に友達と付き合って、すぐに別れた嫌なトラウマがある。だから、七渡が告白をするハードルは非常に高くなっている。

とりあえずはこれで現状維持の期間が確約できた。とはいえ安心はできないが、七渡を失う不安は少し取り除けた。

「じゃあ、七渡君に告白されるように頑張らないと」

ちょっとしたことでは七渡に告白させるような衝動は与えられない。何を頑張るのかは知らないが、短期間でどうにかできる問題ではないし。ばかばーか！

それに城木は男子を落とそうと積極的に行動する系のイケイケ女子ではないので、過度に心配する必要はない。

「もしかしたらこのまま現状維持だとか、ウチには何もできっこないとか考えてない？」

「……別にそんなことは〜」

城木に心を読まれたので動揺してしまう。何でわかったし!?

「ウチ、好きな人のためならけっこう何でもするよ……後悔しないでね」

安堵していた心に釘を刺される。なんなのよもう〜。

あたしだって七渡と一緒にいるためなら何でもするし！

「何でもって何よ」

「七渡君が好きそうなこと全部」

目が本気になっている城木。ちょっと恐いと思ったけど、気持ちで負けてはいけない。

「あたしだって負けないから」

「うん。地葉さんは誰よりも強敵やし、ウチも頑張れる」

その言葉はあたしにも通ずるものがある。城木が他の誰よりも強敵だから、あたしも本気になれる。

冷静に考えると、好きな人のためにここまで本気で相手とぶつかれるなんて、青春らしい高校生活を送っているのかもしれないな。勝って終わればの話だけどさ。

城木と言い合っていると、いつの間にかあたしの家の前まで来ていた。

「じゃあ、また明日」

「じゃあね。今日はたくさんお話しできて良かったと思う」

「あたしも同じ気持ち。スッキリした」

最後には笑顔を見せた城木と別れ、家に入る。

無事に城木とは、七渡に告白して関係を壊したりしないようにする協定を結ぶことができた。これは大きな進展だ。

自分の居場所を守るためとはいえ、今まで味わったことのないやりとりに少し疲れた。

「はぁ～緊張した」

重い溜息(ためいき)をついて、その場にしゃがみ込む。

スマホを開くと七渡からメッセージが届いていた。

【明日はジャージ忘れんなよ】

たったそれだけで、あたしは幸せになってしまう。

やっぱり七渡を失うわけにはいかない。あたしも覚悟決めないと。

「わかってるよ、ばーか」

あたし達の悩みを何も知らない七渡へ、届かない文句を言った――

第4章　アプローチ

◇翼（つばさ）◇

朝、目が覚めた私はアルバムを開くことに。

アルバムを見ることは七渡（ななと）君と離れ離れになってから習慣となっている。アルバムの写真を見返すことで思い出に浸ることができ、幸せな気分になれる。

七渡君と再会してからも、この習慣は変わらない。

一緒に海で遊んだ時の写真や、浴衣を着て線香花火をしている写真は夏の思い出。

雪合戦をしている写真や、こたつで密着して幸せそうに寝ている写真は冬の思い出。

その時の記憶を呼び起こしては、顔がにやけてしまう。

そして再認識する、七渡君への気持ち。七渡君は本当に優しくて素敵な人だ。

私が転んで痛みで歩けなくなった時も、七渡君がおんぶして家まで送ってくれた。

お祭りの時に迷子になった時も見つけだしてくれた。

友達がいなかった私といつも一緒に楽しそうに遊んでくれた。

野生の熊と遭遇して絶体絶命になった時も、七渡君が持っていたお菓子を辺りにばら撒きそこに意識を集中させて生き延びることができたこともあった。

あの頃は、私にとって七渡君が全てだった。

そう思えるほど、七渡君との思い出で溢れている。

でもいつまでも過去に頼るわけにはいかない。今は思い出の続きが欲しい——


家を出ると先を歩いている七渡君の後ろ姿が見えた。

きっと地葉さんとの集合場所へ向かっているのだろう。

急に押しかけたら迷惑かもしれないけど、その後ろめたさよりも七渡君と一緒にいたいという気持ちが勝った。

「七渡く〜ん」

私は七渡君の名前を呼びながら駆け寄る。緊張してちょっと声が高くなっちゃった。

「翼か。おはよう」

「あっ」

私は挨拶を返そうと思っていたが、七渡君だけを見ていたために足元の段差に気づかずに躓いてしまう。待って、止まって私の身体！

　そして、そのまま転んでしまった。変にバランスを取ろうとしたため、背中から倒れることに……

「大丈夫か翼？」

　朝から七渡君に情けない姿を見せてしまった。う～ついてない。

　しかも冷静になると、転んだ拍子にスカートがめくれており七渡君にパンツを見られていることに気づく。

「あ～駄目っ！」

　慌ててスカートを直し、パンツを隠す。七渡君に汚いって思われちゃったかも……

「み、見た？」

　私は立ち上がりながら、七渡君がパンツを見てしまったか尋ねる。

「ごめん、見えちゃった」

「いやいや、ウチの方こそごめんだよ！　嫌だったでしょ？」

「そんなことないよ、めっちゃドキドキしたし」

「えっ……」

　七渡君の意外な言葉に私もドキドキしてしまう。顔を真っ赤にしているし、その言葉は本当かもしれない。

「いや、その、まー俺も男だから許してくれ」

七渡君の態度が私はとても嬉しい。そんなに動揺しているってことは、私のことをはっきり異性として意識しているってことだもん。

そう考えると、何故だか身体が熱くなってきた。何だろう、この感じ……

「一緒に行くか？」

「う、うんっ。いいの？」

「タイミングが一緒だったのに、わざわざ別々に行く方がおかしいだろ？」

「そーだね、それでもありがとう」

七渡君の方から一緒に行こうと言ってくれて本当に嬉しい。今日はついているのかついていないのかわからない日だな……

「近くないか？」

七渡君に指摘されると、肩が触れ合うような近い距離で隣を歩いていたと気づく。

小学生の頃の感覚で歩いていた。あの時は手も繋いでいたし、距離感は近かった。

「嫌やった？」

「嫌じゃないけど、恥ずかしいから」

　恥ずかしいということは、私のことを特別意識しているということだろう。嬉しいな〜。

「東京へ引っ越してきて、そろそろ一ヶ月ぐらいか。どうだ、こっちでの暮らしは？」

「楽しい！　最初は不安やったけど、友達もたくさんできたから。後はやっぱり暮らしの利便性が凄いよ。ショッピングモールとか車じゃなくても行けるし」

「そっか、ならよかったよ」

「それに……ずっと会いたかった七渡君の傍にいられるし」

　ぶっちゃけ都会の凄さとか便利さとか正直どうでもいい。七渡君がいるという事実だけで私は満足できるから。

「ウチな、七渡君と離れ離れになってからいっぱい後悔した。もっと話したかったとか、やりたいことといっぱいあったって。だから、今度は後悔しないように、ちゃんと向き合っていっぱい仲良くしたい」

「翼……」

　恥ずかしいけど、自分の気持ち言えた。ずっと言えなくて苦しかったことをちゃんと伝えることができた。

「俺も後悔してたよ。うやむやなまま離れ離れになっちゃったし、最後とかぜんぜん気の利いた言葉をかけられなかった。申し訳ないなって気持ちでいっぱいだった。本当にごめんな。自分を情けなく思うよ」

七渡君も同じ気持ちだった……きっと互いに心にしこりが残ったままだったんだ。

でも、そんなしこりはこれから取り除いていけばいい。

「ぜんぜん気にしてないよ。だってあれが最後じゃないもん。ウチらにはまだこれからがあるよ」

「……そうだな」

「うん。これからもよろしくね、七渡君」

やっぱり私は七渡君が好き。五年経っても気持ちは色褪せてないし、むしろ焦がれて色濃くなっている。

そして、これからも私は七渡君を好きになり続けるはず――

「七渡おはよ～って城木も一緒なんだ」

公園に辿り着き、地葉さんと合流する。

「たまたま同じタイミングで家を出たから、どうせなら一緒にと思って」

「ふーん」

七渡の説明を少し不満気に聞いている地葉さん。私のことをきっと邪魔だと思っているに違いない。でも、だからといって譲ったりはしないけど。

先日、地葉さんとは七渡君に告白しないという協定を結んだ。

正直、地葉さんの提案は意外だと思った。七渡君に告白して付き合える確率は明らかに地葉さんの方が高かったのに、それを自ら放棄してきたのだ。

……やはり、地葉さんは七渡君と決して恋人になりたいと思っているわけではないのかもしれない。ライクとラブの違いというパターンだろうか。

でも、好きじゃないけど、ずっと傍に置いておきたいってどうなの？　それは私や七渡君に対する大きな侮辱だと思う。自分勝手過ぎるよ。

私の気持ちは本気だ。地葉さんのように、中途半端なものではないはず。

だから、私は七渡君の気持ちを振り向かせたい。私に夢中になってもらって両想いになり、地葉さんとは少し距離を置いてもらう。

今の状況下で七渡君と付き合うには、七渡君に告白されるしかない。

それには、やっぱりアプローチを仕掛けるしかない。それは一度や二度ではなく、ずっと続けなければならない。

そして、地葉さんより私の方が良いって思ってもらえるようにしなきゃ……

「麗奈、ジャージ忘れてないか？」

「子供扱いすんなし、持ってるし」

七渡君の背中をぺしぺしと叩いている地葉さん。あんな自然にボディータッチができるのは羨ましい。私も七渡君に触りたい。

「ハンカチ持ったか？　家の鍵持ったか？」

「うわー悪乗りしだした」

七渡君を嬉しそうにツンツン突いている地葉さん。今日は露骨なので、私に負けないようにボディータッチを増やして七渡君との距離感を詰めているのだろうか……

「パンパース穿いたか？　ミルク飲んだか？」

「赤ちゃん扱いすんなし！　いや赤ちゃん扱いって言葉何!?　今までの人生で初めて使ったんだけど！」

地葉さんは七渡君の身体をつねり始めた。七渡君に暴力行為はいただけない。

「悪かった悪かった、やめろって」

「う、うん……ごめん」

七渡君に腕を摑まれると顔を真っ赤にして大人しくなった地葉さん。それを見た七渡君も顔を赤くして慌てて腕を放している。

何だろう今の初々しい感じは……地葉さんってクソビッチって言われていたし、普段から七渡君と二人でもっと大胆なことしているかと思っていたけど、意外とそうじゃないのかな？

「……地葉さんって、けっこう恥ずかしがり屋なの？」

「は？　何でそうなるの？」

「七渡君に触れられただけで顔真っ赤にしてたし、意外とピュアなのかなと思って」

私は気になったのでストレートに聞いてみた。

「は？　違うし、舐(な)めないでよ！」

「違うの？」

地葉さんは七渡君に聞こえないように、私に耳打ちして喋(しゃべ)ってきた。

「あたしの夢は七渡に○○○してもらうことだもん」

……やっぱり地葉さんはヤバい人だ！　めっちゃ破廉恥な夢を抱いている！

七渡君の前ではピュアを装っているのかもしれないけど、本性は悪魔だ。七渡君はまんまと騙(だま)されているんだ。

「どーよ」

ドヤ顔で私を見下す地葉さん。あんな破廉恥な言葉は私には口にできない。ネットで見たことあるから言葉の意味は知ってはいるけど……

だってだって……あっ、ヤバい、変なこと考えそうになっちゃった。だめだめ、七渡君にそんなことさせられない。

「あはは、あんた顔真っ赤じゃん」

こんな品性の無い人と一緒にいたら毒されてしまう。やっぱり私が七渡君を穢れから解放してあげないと～。

「下品になるよりはましだよっ」

「男はピュア過ぎる人よりも慣れてる方が好きだもん」

やっぱり色んな男を手のひらで転がしてきたと噂されている地葉さんは強敵だ。きっと男性の喜ばせ方も理解しているのだろう。

私はさっきパンツを少し見られただけで動揺してしまった。

このままじゃ七渡君に子供扱いされちゃう……地葉さんのように下品とまではならなくても、もっと大人っぽさは身につけた方がいいかもしれない。

「七渡君、今度はもっと大人っぽいパンツ穿いてくるね」

「えええ⁉」

あっ……焦って変なことを言ってしまった。七渡君も驚いている。

「今度はって、どういうことなの七渡……」

「勘違いするな、ラッキースケベが起きたんだよ」

七渡君に詰め寄っている地葉さん。やはり私も地葉さんに毒されたのか、下品なことを言ってしまったかもしれない。

慣れないことは無理にしない方が良いと悟ることに——

＋七渡＋

校門前に辿り着くと、別の方向から一樹(いつき)としばゆーが歩いてきた。

「一緒に登校でも始めたのか？」

「偶然一緒になっただけだ」

しばゆーは少し恥ずかしそうに頷(うなず)いた。どうやら俺と翼が合流したように偶然、一緒になったようだ。

そのままみんなで下駄箱(げたばこ)に行き、上履きに履き替えて教室に入った。

しかし、何故か学校に着いてから翼が暗い表情をしているのが気になるな。体調でも悪いのだろうか……

「翼、大丈夫か？」

「あっ……大丈夫だよ」

不安そうな顔で大丈夫と答えた翼。ぜんぜん大丈夫そうには見えない。

「やっぱり、相談に乗ってもらっていい？」

「ああ、何があった？」

「ちょっと、廊下行こっ」

周りに人がいるところでは話せないのか、翼が廊下を希望したため移動することに。

「実はね……」

俺が問いかけると、翼はポケットから一枚の手紙らしき物を覗(のぞ)かせる。

「さっき下駄箱にラブレターみたいなの入っとって……」

「まじか!?」

予想もしていなかった展開に驚く。最近では電話やチャットで告白する人が大半の中、わざわざ手紙を書いて思いを伝えるとは……

「こんなこと初めてだし、どうしたらいいかわかんなくて」

「髪切って目立つようになり、一目惚(ひとめぼ)れした男子がいたってことか」

「ちょっとお手洗いで読んでくるね」

差出人のプライベートな部分もあると思うので、隠れて内容を読まなければとお手洗いに向かった翼。

それにしてもなんだろうこの気持ち……めっちゃ胸の中がざわざわとするな。

翼が他の男子と話しているところを見る時も似たような気持ちになるが、今回はそれが一段と強い……これは結果が出るまで落ち着けそうにないな。

「七渡〜」

廊下に立っていた俺の元に麗奈がやってくる。

「どうした？」

「ただ、傍(そば)に来ただけ」

俺の隣に立って壁にもたれかかる麗奈。麗奈が来てくれたおかげで、ちょっとざわついていた心が落ち着いた。

「城木と何話してたの？」

「いや、別に……」

翼の相談内容は話さない方が良いと思ったので答えをはぐらかすと、麗奈は頬(ほお)を膨らませる。

「む〜ムカつく」

隣に立つ麗奈はそっぽを向いてしまう。友達に隠し事は良くないが、これぱかりはどうしようもない。

「ごめん、大事な話だったみたいだから」

「別に七渡を責めてるわけじゃないけど」

そっぽを向いたまま俺の肩に寄りかかってくる麗奈。

「麗奈って高校生になって誰かに告白されたりとかした？」

「いや、ないけど。七渡は？」

「俺もないよ」

「まー連絡先聞かれたことは何回かあったけど、全部断ったし」

「そっか、なら安心」

そもそも男嫌いな麗奈は、他の男子と話すどころか接触すら自らはしない。

「こうすればもっと安心なんじゃない？」

「ちょ、おまっ麗奈!?」

突如、俺の右腕に抱き着いてくる麗奈。唐突な麗奈の行動に俺は慌てる。

離れようとするが麗奈は腕を強く抱きしめていて、引き剝(は)がせないしイチャついているような感じになってしまう。

廊下を行き交う生徒達の視線が痛くて恥ずかしいが、少し優越感はあるな。

それにしても……俺の腕が麗奈の大きな胸に挟まれていて、めっちゃ柔らかい感触が伝わってくる。

「何してんだよっ」

「これで七渡の彼氏だと思われて、誰もあたしに寄ってこないでしょ？」

「だとしても、恥ずかしいだろ」

「うっさい童貞。情けないいな」

俺のうろたえ具合に呆れた麗奈は、俺を置いて教室に戻ろうとする。

「麗奈ん、めっちゃ顔赤いよ？　渋谷のスクランブル交差点を全裸で歩いてんのかってぐらい顔赤いけど大丈夫？」

「余計なこと言うなコラ」

「ふえぇ～」

しばゆーをヘッドロックしている麗奈。

どうやら麗奈も恥ずかしかったようだ。最近の麗奈に違和感はあったが、今日は朝からボディータッチが多かったりとやたら積極的で対応に困るな。

友達として意識したいのに、麗奈が刺激を与えてくる日々。おかげで俺は毎日、悶々としている。

「七渡君、さっき地葉さんと何しとったの？」

「えっ？」

いつの間にか隣に立っていた翼。何故か目がめっちゃ恐い。

「別に、何も……話してただけだぞ」

「そ」

頬を膨らませてそのままそっぽを向いてしまう翼。これはデジャヴだな。

「中身どうだったんだ？」

「やっぱりラブレターやった。放課後に校舎裏でって」

「古典的だな。行くのか？」

「うん……」

不安気な顔を見せる翼。俺も不安になるな。

「七渡君も一緒に来て」

「いやそれは……相手の男に失礼だろ」

「そか……」

一人では心細いのか俺の帯同を希望した翼。

「でも、近くにはいることにするよ。バレないように」

「うん、ありがとう！」

俺も告白がどうなるかは気になるし、相手が変な男である危険性もある。

尋常じゃないくらい不安なのは、妹みたいな存在である翼が変な道に進んでしまわないか焦っているからだろう。翼の両親は福岡だし、俺が守ってあげないといけない。

「もし告白オッケーしたら七渡君は、どう思う？」

「……得体の知れない奴に翼は渡せん」

俺の答えを聞いて顔を真っ赤にしている翼。翼のお父さんの真似をしたつもりだったのだが、変な空気になってしまう。

「でもでも、その別に、翼の人生だから翼が決めなきゃだめだぞ」

苦し紛れに慌ててフォローを入れる。

「うん、わかってる……もう答え決まってるから」

授業が始まってしまうため、教室へ戻ることに。

これは放課後までそわそわする時間が続きそうだな……

◇翼◇

困ったなぁ……

私は再びお手洗いでラブレターを確認するが、やはり私の名前が書いてあり今日の放課後に思いを告げると書かれている。

告白なんてされたことないし、いたずらではないかとも思ってしまう。だから、その不安を拭うために七渡君には近くにいてもらうことにした。

誰かが私を好きになってくれたということは、やはりイメチェンをして可愛くなったということだろう。それは七渡君への自信にも繋がるんだけどな……

「あの城木とかいう女、なんなん？」

私が個室から出ようとすると、洗面台付近にいる生徒からの声が聞こえ私の名前が話題にあがっていた。

「こないだイメチェンしてたやつっしょ？　今まで目立ってなかったけど、男子達がみんな可愛いとか言っててわろたって感じ。結局、しょうもない男は顔だけなんだよ」

「今頃きっとめっちゃ調子乗ってるね。あたし超可愛い～学園のアイドルだしん、とか思ってそう」

「あたしあいつ嫌い。標準語話せるのにあえて方言話してそう」

生々しい愚痴が聞こえてくる。都会の女性ってやっぱり恐い……

声からして同じクラスの柳沼さん達の三人組だろうな。前に昼休みの時とかも三人で地葉さんの愚痴を言い合っていたな。

「しかもあれっしょ？　あのギャルと仲良いみたいだし、天狗になってそう」

「あのまま勘違いしてアイドル部でも作って、学校を廃校の危機から救ってろって感じ」

「あいつ絶対ぶりっ子だよ。お尻とか汚そう」

鏡を見て化粧や顔のチェックをしているのかわからないが、いっこうにお手洗いから出て行ってくれない。

というかさっきから三番目の人だけめっちゃ悪口なんだけど！　お尻とか汚くないし！

そもそも私は別に何もしてないのに、何であんなに恨まれているのだろうか……あの人は地葉さんのことも悪く言っていた気がする。

「邪魔なんだけど」

困っていた状況だったが、お手洗いに地葉さんの声が響く。

「ここ使ってるんですけど……」

「柳沼さ、もうお手洗い出よ」

「あ、あたしは何も言ってない。一緒にいただけ」

三人組は地葉さんの登場に動揺しているようだ。声が震えているし、ボリュームも大きく下がった。

というか三番目の人⁉　あなたが一番悪口言ってたよね⁉

「あんたらが使ったって何も変わんないでしょ」

地葉さんの容赦ない言葉を聞いて、三人組は一斉に外へ出ていったことが足音でわかった。一人は最後まで反抗していたが、他の二人は意気消沈していた。

「しょーもな」

地葉さんの大きな溜息が聞こえて、私は個室から出ることに。

「地葉さん！」

「城木、いたんだ？」

「恐かった！　ありがとう！」

私は三人組を蹴散らしてくれた地葉さんに感謝を述べる。陰口を聞いて心がざわついたけど、地葉さんのおかげで安心できた。

「別に」

「凄いね地葉さんは……あの人達に堂々と物申せるなんて」

「あんな口だけの連中に気を使う必要なんてないっしょ」

鏡を見ながら自分の顔をチェックしている地葉さん。私のためにあの人達へ物申してくれたわけではないと思うけど、本当に助かった。

「でも本当に凄いよ……ウチは恐くてトイレから出れんかったし」

「あたしこの見た目でこういう性格だからけっこう陰口とか勝手な噂とか流されるけど、まったく気にしないもん。だから何って感じ」

地葉さんの心の強さが窺える。私はあんまりメンタル強くないから憧れるな。

「地葉さんのこと、麗奈さんって呼んでもいい？」

私はやっぱり地葉さんのことをどこか勘違いしていたかも。きっと七渡君も地葉さんのエロさじゃなくて性格の強さに惹かれているのかもしれない。

「勝手にすれば」

「うん、ウチのことも翼って呼んでくれると……」

「それは無理。友達だとは思ってるけど、馴れ合いをする気はないし」

はっきりと拒絶されて少し凹んでしまう。やはり七渡君を想う人同士であり心からはわかり合えないのだろうか……

「そっか……でも、この件は本当にありがとね。麗奈さんも何か困ったことあったら、その時はウチが何か力になるから」

「うん。覚えとく」

麗奈さんが廣瀬君とか他の男の人を好きになっていたら、きっと私達はもっと仲良くなることができたのにな。

でも、同じ人を好きになってしまった。

きっと私達のどちらかが悲劇に陥るかもしれない。そう思うと、心から仲良くなんて到底できないのかもしれない――

＋七渡＋

放課後になり一旦みんなと集まるが、まだ学校から出ることはできない。

「ごめん、俺と翼はちょっと用事ある。少し待っててくれ」

俺がみんなに向けてそう言うと、翼も隣でこくこくと頷いている。

「わかった。じゃあ校門近くで待ってるよ」

一樹が歩きだすと、しばゆーと麗奈がついていった。

「はー緊張するな〜」

告白という人生で初の出来事に緊張している翼。きっと一番緊張しているのは相手の男の方かもしれない。

翼がそわそわして乙女みたいな顔を見せているのでモヤモヤするな。

断るとは思うが、勢いに押されてオッケーするという可能性もある。

「もし付き合ったら、その男から他の男子とは関わってほしくないと言われて、俺達と遊べなくなるかもな」

「そ、そうだよね……」

何を言っているんだか俺は……翼に回りくどく振らせようとしてしまった。

翼の人生だし、翼が誰と付き合ったって応援しなきゃいけない。それが幼馴染(おさななじみ)である俺の立場なはずだ。みっともないな俺……

「じゃあ俺は先に行って身を潜めてるから」

これ以上、一緒にいると余計なことばかり言ってしまいそうなので先にスタンバイすることに。

「隠れられるところあるかな？」

「無かったらどこかに擬態してる」

校舎裏に着くと大きな木が数本生えていたので、その後ろで擬態して現場の声を聞くことに決定した。

俺が隠れた二分後ぐらいに来た男が現場をうろうろとしているので、きっと彼が告白する男だろう。

身長が高く好青年という感じの男。普通にイケメンが登場したので焦るな。

あいつは確か同学年の野球部の茂野だったかな……髪の毛をばっちりワックスで固めており気合が入っている。めっちゃキレのある変化球を投げてきそうなオーラがあるな。

翼がこの場にやって来ると、茂野は翼の元に駆け寄った。

「俺が付き合ってやんよ！」

茂野は開口一番に告白。不可避の速攻に翼が驚いて後退りしてしまう。

「あ、あの……」

「先週、転がっていったボール取ってくれて返してもらった時に運命を感じた」

「そ、そうなの？」

「だから俺が付き合ってやんよ！」

手を差し出して再び告白する茂野。何であいつは上から目線で付き合ってやんよとか言ってんだよ、エンジェルビーツの伝説の十話かよ。

「ご、ごめん」

差し出された茂野の手を受け取らない翼。その様子を見てホッとしてしまう。

「な、何でだよ！」

「好きな人がいて……」

「まじかよ、ふざけんなよ！　地方から来たから彼氏とか好きな人はまだできていないんじゃないのかよ！　知らない場所での暮らしで不安でいっぱいだから彼氏も欲しがってんじゃねーのかよ！　誰だよ成功率95％とか言ってたやつは！」

振られて逆ギレしている茂野。簡単に付き合えるとか思っていたようだが、上手くいかなかったみたいだ。翼が好きというより、とりあえず誰かと付き合いたかったのだろう。

というか翼って好きな人いるんだ……いや、断るための嘘の可能性もあるな。

「じゃあ、せめて連絡先だけでも」

急に切り替えて冷静になり、友達から関わっていく作戦に移した茂野。

「ごめんなさい、無理です。中途半端に関わっても辛いだけだと思うから」

翼はここぞという時には意思をはっきりと口にするタイプだからな。冷徹に断りを入れている様子を見て、心の中でガッツポーズをしてしまう。

「何で俺がこんな惨めな気持ち味わわなきゃいけねーんだよ！　誰も本当の俺をわかってくれない！　俺が一番頑張ってるのに！」

吠える茂野に翼が怯えているので、俺は姿を見せることに。

「何やってんだお前ら、喧嘩か？」

「チッ」

俺を見た茂野は舌打ちをしてこの場から去ろうとする。

「お前こそここに何しに来たんだよ」

「……告白」

まさかここにいる理由を聞かれるとは思っていなかったので、慌てた俺は茂野と同じ理由を答えてしまった。

「同じかよ、お前も振られればいい」

茂野は石を蹴り飛ばしながら去っていった。振られるショックは俺にもわかるので、寂しい背中から悲しみがひしひしと伝わってきた。

「告白するの七渡君？」

「冗談だよ」

「そか、告白されると思って凄いドキドキしちゃった」

顔を真っ赤にしている翼。茂野の時とは百八十度表情が違う。この違いは告白が成功することを示唆しているのかもしれない。本当にしたらどうなるんだろ……

「助けに来てくれてありがとね七渡君。困ってたから助かったよ」

「おう……みんなのところ戻ろっか」

少し気まずい空気が流れているため、早くこの場を去って雰囲気を変えたい。

「う、ぅう……」

「どうした翼、恐かったのか？」

涙を流し始めた翼。俺が原因ではないとはいえ、目の前で女性に泣かれるのは困る。

「……自分が振られた気持ちになって考えると申し訳ないなと思って」

「まぁ相手は辛いだろうな」

相手が最低な男だったとはいえ、告白なんて覚悟が無いと容易にできるものではないからな。

「ごめん、ちょっと待ってね」

心を落ち着かせてからみんなの元に向かいたいのだろう。俺はどうしたらいいかわからない状況なので、辺りをキョロキョロとしてしまう。

「七渡君……辛いよ」

涙を流しながら小刻みに震えている翼。こういう時って、優しく抱きしめてあげるのが友達としてベストなのだろうか……

「翼……」

俺は翼の震えている身体を両手で優しく抱きしめる。

翼は俺の胸に顔をあずけて身を委ねてくる。

抱きしめるとすぐに泣き止んで嬉しそうにしているので、やはりこれが正解だったのだろう。翼が俺の腕の中で安らいでくれるのは俺としても心地良かった——

∞麗奈∞

七渡は城木と用事があると言って、あたし達を先に教室から出させた。

あたしは忘れ物をしたふりをして教室へ戻ろうとしたが、一人で校舎裏に向かっていく城木の姿が見えた。

「……怪しい」

今朝も、城木と七渡は何やら内緒話をしていた。

あたしの知らない七渡が増えていくのは快くないし、イライラする。

城木を追って校舎裏に向かおうと思ったが、一旦立ち止まる。

もしかしたら、城木は告白でもされるのではないだろうか……校舎裏なんて告白にはベタな場所だし、それを七渡に相談していたのかもしれない。

もしくは、みんなには内緒でサプライズ的なプレゼントを用意しているのかもしれない。

あたしが覗きに行ってしまえば、何かしらトラブルが起きるかも……

結局、二分ほど悩んだがやっぱり校舎裏を覗きに行った。

「……は？」

目の前には意味がわからない光景が広がっている。

人目につかない校舎裏で城木を抱きしめている七渡。意味わかんない意味わかんない。

頭の中がぐるぐるとして、一気に気持ち悪くなってしまう。

何でこんなことになってるの？　何であたし達に隠れてまでイチャイチャしてんの？

あたしと目が合った城木は、こっちを見てにたっと笑った。

は？　なんなのあいつ！　ムカつく……めっちゃムカつく！

何あれ、勝利の笑み？　あたしを見下しているわけ？

七渡はあたしに気づいてないけど、頰を赤く染めて嬉しそうにしている。ざけんな。

そういえば城木、好きな人のためには何でもするとか言ってたな……まさかあいつの何でもってこういうこと？　校舎裏で何かいやらしい誘いでもして七渡を誘惑してる？

臆病な七渡が自分から城木を抱きしめることはないはず。きっと城木から何か仕掛けたに違いない。

許せない……七渡が好きな気持ちはわかるけど、七渡に好かれるためにはズルい手でも何でもしようってわけ？

なんなのあの小悪魔女……お手洗いの一件であれだけ感謝してて、あたしのこと名前で呼び始めて友好関係築いている素振りを見せていたのに、なりふり構わずあたしを出し抜こうって魂胆なの？

見損なったわ城木翼。そっちがその気なら、あたしも……

涙が出てきそうになったので、あたしは慌ててこの場を離れる。

城木と抱き合っている七渡を見て、七渡が遠い存在になり一緒にいることが許されない未来が見えてしまった。

くそ～くそくそ！　絶対に七渡は渡さないもん！

◇翼◇

告白イベントが終わり、緊張が解かれて私の目から自然と涙がこぼれてきた。

そんな私を見てか、七渡君は私を優しく抱きしめてくれた。

突然の抱擁に、私は一瞬で不安な気持ちから幸せな気持ちに変化した。

七渡君の胸の中は温かくて、すぐに泣き止むことができた。正直、ずっとこうしていたいと思ったけど、時は進んでしまう。

「大丈夫か？　そろそろ行くぞ」

「うん、もう大丈夫ありがと」

七渡君から離れると、名残惜し過ぎてもっとと口走りたくなった。抱きしめられるだけでこんなにも幸せになれるなんて……

七渡君と一緒に校舎裏を出て、みんなの元に向かう。

気がかりなのは、私が抱きしめられている時に誰かに見られてしまったことだ。

泣いて涙を拭った時にコンタクトがずれてしまったこともあって、誰が見ていたのかははっきりわからなかった。

際どいタイミングだったこともあり勘違いされては困ると思ったので、私は無理やり笑って恋愛的なものじゃないよとアピールしたのだが、伝わっただろうか……

「ごめん待たせた」

「おう」

七渡君が合流した廣瀬君達に謝りながら声をかける。

「麗奈さん、お待たせ」

一人そっぽを向いていた麗奈さんに声をかける。私のせいで待ちくたびれさせてしまったかもしれない。

「見損なったわ、このビッチ」

ええぇ？　麗奈さんにめっちゃ睨まれながら暴言を吐かれてしまった。

何か勘違いしてる？　私は今まで七渡君以外の人とは付き合ったこともないし、男性とはほんと縁が無かったのに……

「む～見た目だけなら、麗奈さんって凄いビッチそうだよね……ギャルやし」

流石に言われのない口撃を受けたので、負けじと反論することに。

今朝も廊下で七渡君の腕に抱き着いていて、凄いムカっとした。人前であんな行動するなんて、麗奈さんの方がビッチだ。

「清楚ビッチが一番たち悪いから。そのキャラで今まで男をいっぱいたぶらかしてきたんでしょ？」

「……勝手に言っとれば」

「ふんっ」

あまりにも酷い言いがかりをつけてくる麗奈さんに私は怒る。何で怒っているのかはわからないけど、私に当たらないで欲しい。

仲良くなれてきたと思ったけど、やっぱり理解し合えない部分はまだまだ多い。

「それで、どこ行くことになったんだ？」

七渡君の隣に戻ると、廣瀬君と目的地について話している。

「しばゆーがドンキに行きたいらしい」

「いいね、久しぶりに行くな」

ドンキって何だろう？　ドンキーなら七渡君とゲームをする時によく使っていたキャラクターだけど……

「柚癒ちゃん、ドンキって何？」

「あー翼ちゃんは知らないのか……なんて言ったらいいんだろ、何でも売ってる店だよ。けっこうこっちの高校生はよく行く場所なんだ」

「そうなんだ」

「食べ物とか生活用品はもちろん、パーティーグッズとか変なものとか売ってる」

話だけ聞くと楽しそうな場所だ。大きな雑貨屋さんなのだろうか？

「ドンキも知らないとかウケるんだけど」

馬鹿にしたような目で見てくる麗奈さん。

「七渡君にも教えてもらお」

張り合わず七渡君の元に向かうと、麗奈さんから唸り声が聞こえてきた——

＋七渡＋

みんなで隣駅にあるドンキへと入った。

隙間なく商品が並んでいる棚に、相変わらず狭いと感じる店内。そして、つい口ずさみたくなるようなテーマソングが店内に流れている。

「いっぱい商品があるね。ちょっと狭いけど」

俺に寄り添って店内を歩く翼。興味津々で店内を見渡している。

「そうだね、狭いね」

俺と翼の間に無理やり割り込んできた麗奈。腕にめっちゃ身体(からだ)が当たる。

「無理やり通るなよ麗奈」

「いや、ガラ悪そうな人に見られちゃったからさ」

「そうか、じゃあしょうがないな」

「うん。ちょっと彼氏のふりしてて」

大胆に腕へ抱き着いてくる麗奈。その様子を見て翼は複雑な表情を見せている。

「おい、恥ずかしいだろ」

「彼氏なんだから愛の言葉の一つや二つ囁(ささや)けば？」

不機嫌なのか冷たい態度を取ってくる麗奈。

「……月が綺麗(きれい)ですね」

「うわーこんな彼氏、あたしじゃなかったら嫌われてるよ」

「うっせ」

麗奈に呆(あき)れられるのはいつものことだが、それでも麗奈はずっと俺の傍(そば)にいてくれる。

本当に麗奈と恋人になったら、こんな感じで楽しく過ごせるのだろうか……

「なにイチャついてんだコラ。やんのかコラ、オイコラタココラ」

前からやってきたヤンキー歩きをしているしばゆー。商品のサングラスをかけていて、オラつきまくっている。

「そういえば、つけま教えてとか言ってたよねしばゆー」

「そうです麗奈ん。よろしくお願いします」

「じゃあ、見に行こっか」

「いぇーい、教えて教えて」

女性陣に合わせて二階の化粧品コーナーへ向かうことに。

「この頃ますます、地葉と仲良くなったみたいだな」

一樹に肩を揺さぶられながら声をかけられる。

「なんか最近、積極的なんだよな。高校生になったからかな？」

「いや明らかにピーがピーしてピーってなってるからだろ」

一樹には理由がわかるみたいだが、肝心なことはピーと言って教えてはくれない。

「どういうことだよ」

「例えばだが、俺達のグループにイケメンが加わったとする」

「ああ」

「そいつが地葉と親しくしてたらお前はどうする？」

一樹からいじらしい質問が飛んでくる。どういう意図があるのだろうか……

「……それ以上に麗奈と仲良くするとか？」

「そうだそうだ、もう答えは出せただろ？」

「そっか、俺がしばゆーとふざけあったりしてるから、麗奈もそれに負けじと俺と仲良くしたいわけだな」

「帰れ、異世界にでも行ってこい」

呆れた一樹に鞄をぶつけられる。閃いたと思ったが答えは違ったらしい。

つけまつげコーナーでしゃがみ込んで話し合っている女性陣。麗奈が得意の化粧テクニックをみんなに教えてあげているみたいだ。

「五セットで千円かーやっぱり化粧ってお金かかるね」

「つけまするならマスカラも買わないとだよしばゆー」

「そそそ、そうだよね」

「ビューラーも必要だし、アイライン引くのにこっちのリキッドアイライナーも買わないとだよ」

しばゆーと麗奈は化粧の話をしているようだ。それを翼も聞いている。

「……化粧って大変だね。ゲームに課金してる場合じゃなかった」

「まー金はかかるわよ。日焼け止めとか、チークにシェーバーも」

「むりむり、バイトします」

正直、男子には会話内容がさっぱりわからないな。時間もお金も想像以上にかかるみたいなのは伝わったが。

「何で麗奈んは毎日、派手に化粧できてんの？　パパ活してんの？」

「そんなことしてないわよ。お母さんの貰（もら）ったりしてるし、趣味とか特にないからお小遣いを全部化粧に使ってるだけ。そういうことしてるのは、女子高生なのにブランド物のバッグとか財布使ってるやつね。そういうやつは怪しい」

「あー廣瀬君の隣に座ってる柳沼さんとか？」

「そうそう、あいつつけまめっちゃずれてて背伸びしてんの見え見え」

女性特有の恐い話が聞こえてきたので耳を塞ぐ。俺は別の場所に移動し始めた一樹について いくことに。

「そういや先週、大塚から連絡来た」

「まじか」

大塚とは前に仲良かった中学の同級生だ。中二の冬までは俺と一樹と須々木と大塚の四人のグループだった。

「最近どう？　ってな」

「おいおい、会ったりするのか？」

「しねーよ。適当に二、三回返事して終わった」

俺も二人の連絡先は未だに残っているが、既に半年以上連絡はない。

「七渡は須々木から連絡とか来たりしてるか？」

「音沙汰ないです。ブロックされてるかもしれねーし」

昔のことを思い出して微妙な空気になる。俺も一樹もあの頃は未熟だったからな。

視線を逸らしてバカでかい水鉄砲の商品を手に取る。こんなバズーカみたいな水鉄砲、人生で一度くらいは使ってみたいぜ。

「おほっ」

不意に背中に振動が伝わり、変な声が出てしまう。

「なにすんだよ」

電気マッサージ器のお試し用見本で俺を攻撃してきた一樹。ブーブーと先端が大きく振動している。

「エッチな動画でよく出てくるやつじゃねーか」

「変態かお前は……ただのマッサージ器だぞ、気持ち良くなるやつだぞ」

「ほれ」

俺は一樹の乳首をめがけて電気マッサージ器を当てる。

「おうふっ」

「ざまぁ」

のけぞる一樹を見て噴き出す。最近は取っ組み合いとか、ふざけあうことは少なかったので新鮮だな。

「アホかてめーは」

「アホだな」

くだらないことをして笑い合う。男子って馬鹿だなーってやつだな。

「あんっ」

一樹から離した電気マッサージ器がいつの間にか近くに来ていた麗奈の胸に当たってしまい、麗奈からいやらしい声がこぼれた。

「ご、ごめん、いたのか」

顔を真っ赤にして睨んでいる麗奈。これはヤバい……

「あんたらなにバカなことしてんの？　キモイんだけど！」

麗奈に叱られる俺と一樹。反論の余地はなく、頭を下げることしかできない。

「後は任せた」

俺を置いて撤退する一樹。くそっ、逃げるが勝ちだったか。

「これだから男子は……」

呆れている麗奈は俺から電気マッサージ器を奪い取る。

「ちょっと、麗奈さん？」

「やられたらやり返すもん。逃げないでよね？」

振動マックスにした電気マッサージ器を持って脅してくる麗奈。

「おいおいたんまたんま」

「七渡ってM気質だから、嬉しいでしょ？」

「ひぃい」

「ほれほれー」

電気マッサージ器を身体に当ててくる麗奈。両手で口を覆って、変な声が出ないようにする。

「あの、お客さん……商品で遊ばないでください」

俺達は、気まずそうに注意してきた店員さんに顔を真っ赤にしながら謝った。

「ドヤ？」

テスターで化粧をしたのか、パッチリな目になったしばゆーがみんなの前で仁王立ちしている。

「可愛いじゃん」

俺が褒めるとしばゆーはその場でくるくる回って嬉しそうにする。

「一樹は、どう思う？」

俺はしばゆーに気を使って、一樹に感想を言わせることに。しばゆーは少し廣瀬のことを意識しているっぽいしな。

「いいんじゃないか？　素のままでも可愛いと思うけど」

　一樹の言葉を聞いて顔を真っ赤にさせたしばゆー。やはりイケメンは褒め方も上手いようだ。俺も見習いたい。

「そうだ、パーティーグッズ見に行こう。明日の休日みんなでカラオケに行くって決めたし、そこでの盛り上げ用にさ」

　今日の昼休みにしばゆーはカラオケへ行こうと提案していた。俺と一樹はスルーしていたのだが女性陣は頷いていたため、予定が決まってしまっていたみたいだ。

　三階に移動しパーティーグッズが並んでいるスペースを見る。

「七渡、あたしに着て欲しいコスプレとかある？」

　麗奈は棚にずらりと並んでいるコスプレ衣装を見て、俺にどれが希望か聞いてくる。

「ふむ……」

　ナース、メイド、ポリス……定番なコスプレ衣装はどれも揃っている。

　どの衣装を着ても麗奈には似合いそうだが、麗奈が着るとエロナース、エロメイド、エロポリスと全てエロが付いてしまいそうだ。

「七渡ってこういうの好きそう」

　麗奈が手に取ったのはバニーガールのコスプレ衣装。そんなの着てしまったら胸とか足とか見え過ぎて大変なことになってしまう。

ちなみに俺は子供の時にモーターショーで迷子になってしまい、バニーガールの綺麗なお姉さんに助けられて以降、バニーガールに憧れている。

「好きっていうか……夢かな」

「バニーガールに夢抱いてるの？　七渡ってほんと変人だよね」

麗奈が呆れた様子で俺を見ている。いや本当に、間近でバニーガール見たら誰でも好きになっちゃうからね。凄いからね、本物は。

「……あたしが彼女にでもなったら着てあげられるのにな〜」

俺をからかうような目で見ながら希望をちらつかす麗奈。

「クリスマスにはこの肩出しミニスカサンタのコスプレもするのに」

麗奈のコスプレ姿を妄想すると、それはさぞ素晴らしい光景が広がるわけで。

「あたし、好きな人が喜ぶことは何でもしてあげたくなるタイプだし、好きな人にはめっちゃ尽くすタイプだからさ」

だんだんと顔が赤くなる麗奈。どうやら何か無理をしているようだ。

「麗奈の彼氏になる奴は幸せ者だな……みんなのところ行こうぜ」

俺は恥ずかしがっている麗奈を解放するために、話題を切り上げてみんなの元に向かおうとする。

「ばかばか」

歩き始めた俺についてきた麗奈が、後ろで俺に暴言を吐いている。気を使ったのだが、逆に怒られているみたいだ。

しばゆーと一樹と合流すると、何故か一樹がピコピコハンマーでしばゆーの頭を木魚みたいに叩いていて、しばゆーがにへへと嬉しそうにしていた。

「あれ、翼は？」

俺はこの場にもいない翼のことが気になり、しばゆーに居場所を聞く。

「あれれ？　天海っちのとこにいると思ってた」

「どこに行ったんだよ」

「お手洗いじゃね？」

「どうかな……とりあえず探してくるわ」

俺は翼を探すことに。お手洗いの可能性はあるが、翼の性格からして黙って行かずにしばゆーへ行ってくるとか一言報告しそうだしな。

店の中を三分ほど歩きまわるが、翼の姿は無い。

俺は不安になったのでポケットからスマホを取り出し、翼へ電話をかけることに。

近くから着信音が聞こえたので隣の棚に移動すると、翼の姿が見えた。

「翼っ」

「七渡君！」

電話に出ようとしていた翼が俺を見つけて駆け寄ってくる。

そして、そのまま俺へ抱き着いてきた。まさかの行動に俺の両手は行き場を失う。

「よかった〜」

安堵している翼。抱き着かれているので、翼の胸が身体に押し当てられていて柔らかい感触が伝わってくる。

「ど、どうしたんだ？」

「恥ずかしながら迷っちゃって」

どうやら迷子になっていた翼。まぁこの店は迷路みたいになっているから、都会に慣れていない翼には怖かったかもしれないな。

「それより翼、抱き着かれるのは恥ずかしいから」

「ご、ごめん」

慌てて離れた翼。迷っていたため焦っていたのか、冷静さを失っていたみたいだ。

「どこ歩いてもみんな見つからないから、置いてかれちゃったと思って不安やった。七渡君見つけたら心の底から安心しちゃって、ついその〜」

「そっか。まぁ翼に抱き着かれるのは嬉しいから、別にいいけどさ」

「本当に？」

「う、うん。だって可愛いし、男子だったら誰でも喜ぶよ。幼馴染の特権だな」

実際、俺の胸の鼓動は高鳴っているし、今は幸福感がある。子供の時は翼に抱き着かれることも多かったけど、こんな気持ちにはならなかったのにな……

「そういえば子供の時にも、似たようなことがあったな」

「え？」

「お祭りで翼が迷子になっちゃって、俺が歩けなくなるくらい走り回って見つけだしたんだよ……あったよな？」

俺がまだ小二とか小三辺りの記憶だ。広い場所でのお祭りだったので、人もたくさんいて大変だった記憶が蘇る。

「……覚えとってくれたんやね」

「ああ、あの時も翼が抱き着いてきた。大泣きしてたけど」

翼はまるで探し物が見つかった時のような、安堵と嬉しさが混じった幸福に満ちた顔を見せる。ただ、俺が昔の迷子になった話を覚えていただけなのに……

「でも、当時は屋台見ながら適当に歩いてたら見つかったたって言ってたよ。本当は一生懸命探してくれてたんだね」

「えっ、そうだっけ⁉」

当時の俺はカッコつけていたのか、翼の前で強がっていたみたいだ。これは気恥ずかしい感じになってしまうな。

「うん。七渡君はやっぱり優しいね」

翼に見つめられてしまい、俺は慌てて目を逸らす。今の翼は可愛すぎて見つめすぎてしまうと胸がドキドキする。ヤバいヤバい落ち着け俺の鼓動……

「みんなのところ戻るぞ」

「うん」

俺は歩き出したが、やっぱり立ち止まって翼に手を差し出す。

「七渡君？」

「また迷子になったら困るだろ？」

翼は俺の言葉を聞いて驚いたような表情を見せる。

「ありがとう。でもいいの？」

「みんなのところに着いたら放す。内緒だぞ」

「うん。二人だけの秘密だね」

そう言って俺の差し出した手を握った翼。

正直、慣れないことをしてしまったと恥ずかしい気持ちになっている。きっと顔も真っ赤になってしまっていることだろう。

それでも、俺は翼に手を差し出していた。

子供の時の俺は翼に何もしてやれなかったから、その後悔を払しょくしたいという気持ちが俺を突き動かしているのだろうか……

「七渡君の手、温かい。握っとると安心する」

翼の嬉しそうな顔を見て、後悔の念が少し晴れた気がした——

∞麗奈∞

七渡がどこにもいない城木を探しに行った。

あたしは廣瀬としばゅーと商品を見ながら七渡を待っているが、三分経(た)ってても戻ってこない。

「廣瀬、あたしも探してくるね」

「おう」

帰ってくるのが遅かったため、あたしも探しに向かう。

何か嫌な予感がすると、胸騒ぎがしていた。女の勘というやつかな。

あたしは移動してすぐに七渡と城木を見つけることができた。

「よかった〜」

七渡に抱き着きながら、よかったと口にしている城木。

あたしは慌てて隠れ、少しその場から距離を置く。

「……ははは」

乾いた笑いしか出てこない。何なのあれ……

放課後の時といい、今といい、七渡と二人きりになっては七渡を抱きしめている城木。

まさかあそこまで露骨に七渡を誘惑するとはね……

そもそも高校生にもなって迷子にはならないし、七渡を一人にしておびき寄せる作戦だったに違いない。

七渡は強くは断れない性格だから無理やり抱き着いて女性として意識させ、好かれようとしているのだろう。女の武器をこれでもかというほど酷使している。

どうやら城木は本気で七渡を奪いにきているみたいだ。あんにゃろ〜。

「やるっきゃないか」

　あたしはけっこう恥ずかしがり屋で奥手なこともあって、今までは七渡に上手くアプローチできずにいた。

　城木が現れてからは勇気を出して七渡へちょっとアプローチできるようになったけど、それでもぜんぜん足りなかったみたい。

　あたしは卑怯な手なんか使わず、正々堂々と七渡に自分をアピールしていこうと思っていた。城木は恋敵よりも今は同じグループの友達と思っていたから、大人気ない真似はあまりできなかった。

「はいはい、わかりましたよ」

　でも、城木はどんな手を使ってでも七渡が欲しいみたい。

　あたしを傷つけようが、七渡を困らせようがお構いなしのスタンス。

「……上等じゃない」

　そっちがその気なら、あたしはもう手段を選ばない。

　七渡に好きになってもらうために、何だってしてやる。後悔したって遅いんだから。

「あっ、麗奈んいた」

　呑気な顔をしたしばゆーがあたしの元にやって来る。てちてちと歩いていてペンギンみたいだ。

「もう明日用のパーティーグッズ買っちゃうけど、麗奈んは何かいる？」

パーティーグッズか……そういえば明日はみんなでカラオケだったな。

そうか、閃いた！　とんでもない作戦を閃いてしまった！　あたしって天才？

「ふふふ」

「麗奈んが悪役令嬢みたいなゲスい笑みしてる!?」

「トッキーとパーティー用のカードゲーム買う」

目の前の商品棚に置かれていたトッキーを手に取る。

「トッキー？　お腹空いたの？」

チョコがコーティングされた棒状のお菓子であるトッキー。これを使ったあのゲームで七渡へ急接近するチャンスを摑もう。

「違うよ。明日使うの……やられたらやり返す、それがあたしの生き方」

見てろよ城木……あたしが本気出せばあんたなんか手も足も出ないんだから。

その後はみんなと合流し、買い物を終えて店を出た。

＋七渡＋

方向が別の一樹としばゆーを見送り、翼と麗奈と一緒に帰ることに。

昨日見たお笑い番組の話をしていると、コンビニの駐輪場で自転車をガタガタと動かして困った表情を見せている小学生の姿が目に入った。

小学生に近づくと、どうやら鍵が引っかかって上手く開かずに困っていることがわかった。俺はすかさず手伝うと言って自転車に手をかける。

翼と麗奈はそんな俺の姿を後ろから眺めていた。大人数でどうにかできることではないので、二人を待たせないように色々と工夫をして鍵の解除に努めることに。

五分ほど鍵と格闘して、何とか引っかかりを解いて解除することに成功した。

小学生の子供は俺にお礼を言いながら、そそくさと移動していった。

「ごめん待たせた」

二人の方に振り返ると、温かい目を向けながら俺を待ってくれていた。

「謝る必要無いよ。そういう七渡の困っている人を見過ごせないとこ好きだし」

麗奈は文句の一つも言わずに、俺の背中を優しく撫でてくれる。

「七渡君、手が汚れちゃってる。これ使って」

翼は鞄からウエットティッシュを取り出してくれる。その気づかいにも心は温まる。

「七渡って何でそんなに優しいの？　別にさっきの子供を助けたって、何も利益とか無いのに。七渡みたいな人、今の時代にはあんまりいないよ」

麗奈は俺に疑問をぶつけてくる。俺としては特別なことをしている感覚はないのだが、麗奈の中では不思議なことらしい。

「俺が小学生の時に自転車のチェーンが外れて動かせずに困ってたことがあって、その時に通りすがりのおじさんに直してもらったことがあったんだよ」

今ではもうおぼろげな過去の記憶であり、あの時のおじさんの顔を思い出すことはできない。

「口ではお礼を言ったけど、その人とはもうそれきりだから形として何もお礼を返せていないんだ。だから、俺はそのぶん困っている人をお礼代わりに助けようと思ってさ。それが俺としての感謝の仕方なんだよ」

確かに麗奈の言う通り、物理的には何の利益も無い。だが、俺の心は誰かを助けるだけで満たされた気分になる。それだけで十分見返りはある。

「七渡のそういう生き方、良いと思うよ」

「七渡君はすっごく素敵だよ」

二人は同時に俺を褒める言葉を口にする。

俺は少し照れ臭くなってしまい、別にたいしたことないよと会話の流れを切った。

誰かに褒められるのはやっぱり嬉しい。

そのことに気づいた俺は、今後色んな人達のことをいっぱい褒めていこうという方針を固めた。

第5章　シーソーゲーム

∞麗奈∞

　あたしはずっと一人だった――

　駅前で栄えるネオン街の光を眺めながら手すりに腰掛け、何も考えずにただ時間を費やす。目の前を無数の通行人がとめどなく通り過ぎていき、たまに振り返られる。

　背にある大きな植木の根元はまるでゴミ箱だ。半分ほど飲んで捨てられたタピオカジュース。たばこの吸い殻。くしゃくしゃになったチラシ。

　今のあたしもそれらと一緒のゴミに過ぎない。存在する価値の無い処分が面倒なゴミ。

「あーあ」

　枯れた独り言が人混みにかき消される。

　先日、お父さんが亡くなってしまった。あたしには常に自由に生きろと言ってくれて、言葉通り自由にギャルになっても、それがあたしの個性だと褒めてくれた。

そんな心強かった父は、個性はそのまま大切に、だけど勉強は怠らずに母を安心させてほしいという言葉を最後に残していった。

今まで勉強とか嫌いだったけど、心機一転して勉強に一生懸命取り組んだ。けど、結果は出ず何にも身につかないまま。自分がいかに駄目な人間なのかを思い知らされる形となってしまった。

そんな惨めな自分が嫌になって、あたしはもうどーにでもなれと家出をして夜の街でゴミの一つになっていた。

いっそこのままゴミ収集車に回収されて焼却処分して欲しい気分だ。

「へーい、そこの君可愛(かわい)いね～俺達と遊ぼうよ」

チャラ男に声をかけられて顔を上げる。そのチャラ男の後ろには恐そうなヤンキーが二人立っていた。

「……何して遊ぶの？」

「おっ、乗り気じゃん。みんなでドライブさ、飯も奢(おご)るよ」

知らない人にはついて行ってはいけないと教わってきたけど、あたしはもう教えを守れる良い子ではない。

チャラ男はあたしを逃がさないようにか、手首を摑んできた。その瞬間に、ゾッと寒気が襲ってきて身体が拒否反応を示す。

「触んないでよ！」

あたしが手を振り払うと、今までずっと笑顔だったチャラ男の目が睨みに変わった。その後ろにいるヤンキーの目つきも変わる。

恐怖を感じたあたしは足が震え出して、逃げようとしても足が動かなくなってしまう。

誰か助けて……あたしの声に通行人は誰も耳を傾けてくれない。それもそうか、あたしはゴミなんだもん。ゴミなんてみんな見て見ぬふりするに決まってる。

「あっ、同じクラスの地葉じゃん」

あたしの前に現れたのは一人の少年だった。彼の言葉通りクラスで見たことはある男子だけど、あたしは彼の名前を覚えていない。

「んだてめーどっか行けよコラ」

「いかつっ、恐過ぎでしょ」

巻き込まれてビビっている少年。助けてくれんのかな？

「おーい！　誰か助けてくれー！」

とんでもない大声で叫び、注目を集める少年。めっちゃ他力本願じゃん!?　ださ！

けど、少年の大声で焦ったチャラ男達は早足で散ってった。

「な、何の用？」

「困ってたから助けてやったんだろ。感謝しろよ」

少年の偉そうな態度が鼻につくけど、心の中はめっちゃホッとしている。

「別にあんたに助け求めてないんだけど」

「恐っ、やっぱりギャル恐い……」

青ざめた顔をしている少年。危機感の無い無邪気な顔をしていて、こいつの顔を見ていると何故か安心できる。

「申し訳ないけど、あんたには何もしてあげないよ。どうせ助けたら好きになってもらえるかもとか下心持ってたんでしょ？　残念でした～」

「おいおい、ひねくれ過ぎだろ……俺じゃなかったらキレられてるぞ」

「ウザいでしょ？　別にそのまま捨ててっていいから」

いっつもあたしは周りを突き放すことを言って、孤立していた。それは自分の中に誰も踏み込んでほしくないからだ。

干渉されたくない、理解されたくない、自分が駄目な人間だって知られたくない。そんな感情が自分をいつも一人にさせていた。

「確かにウザいな。メンヘラ困ったちゃんかよ」

「は？　舐めてんの？」

　少年の言葉に怒りが湧いてくる。この男、そこはそんなことないよとかフォローしてよ。普通の人は気を使うでしょ！

「そっちの意見に同意しただけだろ」

「あんたモテないでしょ？　女心とか一ミリもわかってなさそう」

「うっせーな。とりあえず帰ろうぜ、もう十時になっちゃうぞ」

　あたしを手招く少年。彼の素直な言葉にはムカつくけど、不思議なことに信用はできてしまう。

　きっと彼はあたしに好かれようとか、良い人に思われようとか一切考えていないんだ。

　結局、あたしは彼の背中に黙ってついていくことにした。

「あーあ、今日も勉強疲れたな～」

　独り言を喋っている少年。彼は塾帰りだったのか、こんな時間まで勉強をしていたようだ。頭が良さそうには見えないけど、意外と勉強できたりするのかな……

　目の前を歩く彼は地面に転がっていた空き缶を拾い、そのまま近くの自販機の横のゴミ箱へと捨てていた。

「何で拾ったの？」

誰もが見向きもしなかったゴミを拾い、何も言わずに処理した少年。

「別に特に理由なんかねーよ。ただ視界に入ったから」

「汚いし、別にあんたのゴミじゃないじゃん。意味わかんないし理解不能。偽善者？」

「ゴミをポイ捨てする理解できない人間がいるんだから、視界に入ったゴミをゴミ箱に捨てる理解できない人間がいてもいいだろ？」

彼の言葉を聞いたあたしは何故だか自分のことのように嬉しくなってしまった。

「……拾ってくれてありがとう」

「何で急にゴミの目線で感謝述べてくんだよ。そっちの方が理解不能だぞ」

彼は落ちているゴミを拾うような変わった人だった。きっとそんな彼なら、こんなあたしでも見捨てないでくれるかもしれないと思った。

「あんた名前は？」

「クラスメイトなのに知らねーのかよ。俺は天海七渡(あまみななと)、よろしくな」

そう、これがあたしと七渡の出会いだった——

▲

「七渡〜」

化粧をしている時にふと、七渡との運命的な出会いの日をあたしは思い出していた。

七渡と知り合ってからは学校でも話すようになって、勉強ができない悩みを打ち明けると七渡はあたしに勉強のコツをたくさん教えてくれた。

そのおかげで希望の進学先へ合格することができ、友達として今もあたしの心を満たしてくれている。

七渡はあたしを救い出してくれたヒーローであり、あたしを正しい道へ導いてくれた恩人でもある。

今まではあまり素直になれずに感謝の気持ちを返せてこなかったけど、やっぱり七渡には感謝している分たくさん尽くしてあげたい。

それに、あたしはもう七渡がいないと駄目な人間になってしまっている。

あたしの生きがいを奪われるわけにはいかない——

「もしもし廣瀬（ひろせ）？　あのさー一生のお願いがあるんだけど」

スマホで廣瀬と通話を始める。作戦を成功させるには協力者が必要だ。

『問答無用かよ。てーか一生のお願いも三度目くらいなんだが』

「お願いお願い〜」

しばゆーにお願いしてもいいが、あいつは城木(しろき)に肩入れしているから拒否される可能性がある。廣瀬ならどちらかというと付き合いの長いあたしに味方してくれるはずだ。

『七渡のことか？』

「もちろん。話が早くて助かります」

『……面白そうなことなら協力してやってもいいが』

「それはね……ごにょごにょ」

あたしは廣瀬に昨日寝る前に考えた作戦を説明した。

『今回だけだぞ。一生のお願いはもう聞かん』

「やった〜ありがとう！　廣瀬にも好きな人ができたら協力するからさ」

『へいへい』

廣瀬との通話を切って、唇を念入りにチェックする。

何故なら……あたしは今日、七渡とキスをするからだ――

＋七渡＋

今日は休日であり、みんなとカラオケへ行く約束をしていた。

犬の散歩を終えてから俺は集合場所である駅前へと向かった。

既に一樹が待っていたが、女性陣はまだ誰も来ていないみたいだ。

「おーっす」

私服姿の一樹はオシャレだ。白シャツに革ジャンとかこいつ本当に高校生かよ。高校生で革は流石に着こなせねーよ。

「その革ジャンいくら？」

「三万くらいだったかな？」

「高校生は高校生らしい服装であれよ！」

俺は普通の服装だと思うが、一樹のせいで俺がオシャレに気を使っていないみたいな感じになってしまっているじゃねーか。

「おまた〜」

陽気な可愛らしい声の挨拶を聞いて振り向くと、私服姿の麗奈が目に入った。

袖がレース状になっているシャツにデニムのショートパンツを穿いている麗奈。可愛い容姿に露出の多い服が合わさり目立っていて、すれ違う多くの男性が振り向いている。

「お、おっす」

間近にまで近づいてきた麗奈に後退りしながら声をかけた。

「私服姿の七渡はやっぱり良いね」

嬉しそうに俺の全身を眺める麗奈。俺からしたら私服姿の麗奈はやっぱりエロ可愛いねと言いたいところだ。

「そうか」

「ん～……」

俺の返答に不満があったのか、麗奈は唸りながら俺を睨んでいる。

助けを求めるように一樹を見ると、呆れた様子で口を開いた。

「地葉の私服の感想も聞きたいんじゃないか？」

一樹の言葉にうんうんと頷いている麗奈。言ってくれればいいのにと思う俺はきっと女心を理解していないと言われるのだろう。

「麗奈の私服姿は可愛過ぎるよ。お世辞とか抜きに」

「本当に⁉」

パッと明るい笑顔に表情を変える麗奈。服の感想を伝えるだけでこんな幸せそうな表情を見せるなんて、流石に大袈裟過ぎないか？

やっぱり褒められるのって嬉しいことなんだな。次からはばんばん褒めていこう。

つーかショートパンツとかエロ過ぎんだろ、こんなんもうパンツ一丁みたいなもんだろがおい。その内法律で禁止されるぞコラ！　って俺はいったい誰にキレてんだ……

「どうせ、ショートパンツとかエロ過ぎんだろ、こんなんもうパンツ一丁みたいなもんだろ。その内法律で禁止されるぞとか思ってんじゃねーのか？」

　隣の一樹から小突かれながら小言を言われる。

「一言一句合ってんだけど⁉　エスパーかよお前は……」

　一樹に心の声を正確に読まれてしまっていた。俺さんそんなわかりやすい顔をしていたのか？

「みんな〜お待たせ」

　まだ集合時間の五分前ではあるが、少し小走りでやって来た翼。

　オフショルダーの服を着ており、綺麗な肩が大胆に露出されている。さらにはミニスカートで太ももも見えてしまっている。エチぃのに清潔感もある服装だ。

「まだまだ集合時間前だから慌てなくても良かったのに」

「だ、だって七渡君に一秒でも早く……みんなと早く会いたかったから」

　翼のミニスカート姿は初めて見たな。昔は地味で子供っぽい格好しかしていなかったのだが、今はオシャレで大人っぽい格好をしている。

「まだ柚癒ちゃんは来てないんだね」

俺の左手側へ距離をあまり空けずに立っている翼。オフショルダーの服なので翼の方を見ると胸元が見えてしまっているな。おいおいけしからんな。

「翼の私服姿可愛いぞ。大人っぽくて学校の制服の時とはちょっと雰囲気が違って、まじで良いと思う」

「本当に⁉」

俺は同じ失敗を繰り返さない男だ。先ほど言われた、相手の私服の感想を伝えるという行為をすぐに実行してやったぜ。

「は？　城木の時だけ何で？」

麗奈が悲しい目で俺を見ている……おいおい俺は成長したはずなのに、何故そんな落ち込むんだよ、俺さん何か順序でも間違えたか？

「七渡君、嬉しいよ！　この日のために新しいお洋服買ったんだ」

俺の前で何一つ穢れを知らなそうな純粋な笑顔を見せる翼。麗奈と一緒でそこまで嬉しく思われると、今後もいっぱい褒めてしまいたくなるな。

それにしても最近の翼はイメチェンして可愛くなり、地味や子供っぽい雰囲気から脱却して女子高生らしくなっているな。

こちらとしては成長を続ける翼は大きな刺激になってしまっており、妹みたいな存在だった翼はもう俺の中で一人の素敵な女性に変換されつつある。見ているとドキドキしたりしてしまうので、これ以上俺を脅かさないでほしい。

「翼さ、ちょっと最近背伸びしてないか？　あまり無理せずゆっくりと都会に適応していけばいいと思うぞ？　もちろん今の格好も似合っているけどな」

「……だって七渡君に子供っぽいって思われたくないんだもん、ウチやって大人になったってとこいっぱい見せていかんと」

　恥ずかしそうに語っている翼。そんなこと言われると、こっちだって大人になった翼を意識しなきゃいけなくなってしまう。

　大人になった翼か……それはもうあれだろ、あれをあれしてあれしてんだろ。

「おい七渡、股間が膨れてるぞ？　エッチなことでも考えてるのか？」

「は？　ちげーし、財布だし！　ポケットに入れてる財布がそう見えるだけだし、舐めんなし！」

　一樹から指摘を受けた俺は慌てて取り繕う。変な妄想していないで冷静になろう。

「柚癒ちゃん来ないね……」

　翼の指摘通り約束の時間が三分過ぎてもしばゆーは姿を見せない。

「ただ待つのも暇だし、しばゆーの私服当てタイムでもしよ」

麗奈の提案でしばゆーの私服を当てるゲームが始まった。

「オーバーオールとか着てそうじゃないか？」

一樹の無難な予想。確かにしばゆーのオーバーオール姿は似合いそうだ。

「それわかる。無理やり個性出すためにサメのリュックとか使ってそう」

麗奈の偏見にも似た予想。サメの口がチャックになっているリュックは最近よく見かけるので、ピンポイントだが当たる可能性はありそうだ。

「じゃあ俺は意外とワンピースを着てくると予想」

俺はあえてチャレンジをすることに。何事にも挑戦することは大事だって、そこら中の人達が言っていた。

みんな口を揃えて後悔しないように若い内に何事にも挑戦しろとか言ってくるから、ちょっとしたことでも挑戦しなきゃ不安になっちゃう性格になっている。

「ウチは着ぐるみとか着てくると思う」

「どぅえ？」

翼のぶっ飛んだ予想に俺は変な声が出てしまった。俺さん挑戦している気でいたけど、本気の挑戦ってのは今の翼みたいに大穴を狙う覚悟のことを言うものだ。

「あんたふざけてんの？　あたしの提案したゲームは真面目に参加できないって感じ？」

「ち、違うよっ、前に柚癒ちゃんが今の都会最先端ファッションは着ぐるみって言ってたから……」

しばゆーの間違った知識が翼にそのまま流れていってしまっているのは、早めに解決しなければならない問題かもしれない。

「意味わかんない言い訳しないでよ、馬鹿にしてさ」

それからもみんなで五分ほど待ち続けていると、しばゆーが呑気(のんき)な顔で登場した。

「ごめん、ちょっと遅れた」

えへへ〜と反省の色が見えないしばゆーの表情。そういえば学校にも遅刻していたことが一回あったな。

「何か問題でも生じたか？」

「シンプル遅刻」

一樹がしばゆーに心配そうに聞いたが、シンプルに遅刻しただけだったみたいだ。開き直っているが、しばゆーらしくはあるのでストレスは感じない。

そんなしばゆーは誰も予想していなかったゴスロリファッションで登場した。黒いドレスみたいなスカートに、ひらひらの多い上着。

似合わなくはないが、しばゆーの性格的にはあまり合わない。

というかゴスロリファッションとか当てられるわけないだろ！　大穴過ぎんだろ！

「あんたゴスロリ好きだったの？」

麗奈はしばゆーの服装について早速質問している。

「いや、別に。でも、お父さんが買ってきてくれたから、着てあげないと可哀想かなと思ってさ」

娘にゴスロリ服を買ってくる父親とはいったい……相変わらずしばゆーは謎が多いな。

しばゆーはあまり自分のプライベートを話さない性格なので、いつかしばゆーの全貌を暴いてみたいところだ。

集合した俺達はそのまま予約していた駅前のカラオケ店へ向かうことに。

∞麗奈∞

カラオケルームに入り、七渡の右隣に座る。

絶対に隣へ座れるようにべったりと傍を歩いていたので作戦は成功した。

「狭くないか？」

七渡は端に座ったあたしを見て気を使ってくれる。その声にも癒される。

「ぜんぜん大丈夫」

少し狭いと感じたけどその分、七渡と密着できるのでもっと狭くてもいいくらいだ。

だが、七渡の左隣のポジションは城木がしっかりと確保している。ぬかりないわね……

今日は大胆に露出多めのファッションで臨み、七渡をあたしの虜にしてやろうと思ったのに城木も露出多めで攻めてきやがった。

やはり七渡を奪うためなら恥ずかしさを我慢してまで身体を使おうってわけね。

七渡は城木の時だけ私服を真っ先に褒めた。普段の城木にあまり露出が無かった分、ギャップ攻めが成功したということだろう。

ほんと、とぼけたフリして効果的なことをしてくるわね……

まじでムカつく〜絶対に負けない！

「ウチ、カラオケなんて来るの初めてだよ〜緊張するよ七渡君」

「確かにあの田舎じゃカラオケとか無かったからな」

ほほう、どうやら城木はカラオケにすら行ったことのない田舎者のようね。

「上手く歌えるか心配だな〜」

「大丈夫、俺も上手くないし一樹もイケメンなのに音痴だし」

ふむふむ、城木は歌うのに慣れていない様子ね。ここは最近、手段を選ばずに七渡を誘惑している城木への罰として、最初に歌わせて恥をかかせる作戦でいこう。

きっと七渡も音痴な城木にガッカリするはず。そしてあたしが高得点を取って七渡にあたしの魅力を再確認してもらうんだ。うぉおお！

「城木が最初に歌いなよ」

あたしはタッチパネル式のリモコンを城木に渡しながら、最初に歌うことを勧める。

採点機能もしれっと導入しておいたので準備も万端だ。

「え〜恥ずかしいよ」

「みんな上手いだろうから、後になればなるほどハードル上がるよ。最初に歌う方が楽だし一番良いと思う」

「わ、わかった。気を使ってくれてありがとう麗奈さん」

計画通り……罠にはまったな城木め、その情けない歌声をみんなに聞かせるがいい。

「じゃあこの曲にしようかな」

城木は曲を選定してマイクを握る。てーか宇太田の曲とかめっちゃ上級者向けじゃん、きっと恥かいて終わりね。

「ちょっと音楽の音が大きいかな〜」

前奏中にリモコンで音量の大きさを調整している城木。深呼吸もしていて緊張しているのが伝わってくる。

出だしから綺麗な歌声が響き渡る。音程もズレてなくビブラートも駆使している。

はぁああ!?　何なの、めっちゃ上手いじゃん！　みんなも思わず聴き入ってるし！

それに七渡を見つめながら、めっちゃ感情込めて歌ってるし！

「はぁ〜緊張したよー」

歌い終える城木。みんなは驚嘆しながら拍手を送っている。こんなはずでは……

「すっげーじゃん翼！　そんな歌上手かったんだ」

「ありがとう……七渡君に褒められて嬉しいよ」

やられた……きっと城木は初めてじゃない。

七渡に褒められるためにあえて初めてということにしてハードルを下げていたんだ。それで思いのほか上手く歌いあげて感動を誘う手法だ。

初めてなのに音量調整とかしてたし、絶対嘘ついたんだ！

あんにゃろ〜……なんという策士、常にあたしの予想の斜め上を行っている。

「92点やって。これって高い方なの麗奈さん？」

採点画面を見て、勝ち誇った顔であたしに質問してくる城木。

とんでもなく煽られている気がするのだが、売られた喧嘩は買うしかない。きっとこの点数がどれくらいなものかも把握した上で煽ってきているはずだ。上等だコラ。

「なかなかね。あたしの平均点ぐらい」

九十点とか今まで超えたことなかったけど、気持ちで負けてはいけない。あたしは本番に強いタイプだ、きっと何とかなる……何とかなるよね？

「しばゆーリモコン貸して、次あたしが歌う」

あたしはしばゆーからリモコンを半強制的に取り、曲を選定することに。ピピピ。

中学時に七渡達と出会うまでは一人でカラオケに行っていた。その時に培った経験がこの瞬間に生かされるはず。

得意でもあり、大好きなアーティストでもある仲曾根さんの歌で挑もう。

あたしの想い、この歌に乗って七渡へ届け——

隣に座る七渡の膝に触れながら歌う。それだけでいつもより気持ちがこもる。

七渡をチラ見すると目が合った。

七渡はあたしのことどう思っているのだろう。あたしは大好きなんだけど、この想いが一方通行だったら嫌だな。

もっとあたしのこと好きになってほしい。重い女とか言われちゃうかもだけど、七渡にあたしの全部を捧げたい。

そのためにはあたしも七渡に振り向いてもらえる努力をしなきゃね。

歌い終えるとみんなが拍手をしてくれる。これで城木を超える点数が出ればあたしの完全勝利でありハッピーエンドだ。神様はあたしを見捨てないはず。

「すごっ、88点じゃん！　女性陣はレベル高いな」

七渡は褒めてくれるが、点数は城木に負けていた。ご覧の有様ですよ神様……

「こほっこほっ、今日はちょっと喉の調子悪いかも」

自分でも情けなく思う酷い言い訳をして、負けたことをうやむやにすることに。

「凄いね麗奈さん、聴き入っちゃったよ」

嫌みたらしい言葉をあたしに送ってくる城木。勝者の余裕かコラ。

くそ〜！　負けた負けた悔しい悔しい〜。

まぁいい、見てろよ城木、あたしはとっておきの手を用意してきてるんだから！

あんたの目の前で七渡をあたしのもんにしてやんだから！

◇翼◇

ドリンクバーでグラスに入れてきたお茶を飲みながら一息ついた。

初めてのカラオケだったけど、問題無く歌うことができた。よしっ。

恥をかかないように事前にみっちり予習しておいて良かった。カラオケ機の操作方法とかも調べたし、歌の練習もカラオケに行くと決まってから家で行っていた。

麗奈さんも私を気遣ってか、トップバッターで歌わせてくれるというお膳立てをしてくれた。おかげで集中して聞いてくれていた七渡君にも褒められた。

「次は俺が歌う」

選曲を終えた七渡君がマイクを持って歌い始める。

子供の頃に七渡君が歌っている姿は見たことあったけど、今の七渡君は声変わりをしていて大人っぽい歌声になっている。カッコイイし、癒されるな〜。

七渡君を見つめていると、反対側から七渡君を見つめていた麗奈さんと目が合った。

互いの想いを悟った私と麗奈さんは下を向いて赤面した。

七渡君は想いを込めてラブソングを歌っている。

もしかして私に向けて歌っていたりするのかな……なんちゃって。

勝手に私への曲と思って聴いていると身体が凄く熱くなった。カラオケ最高です。

「何その曲、あたしに向けて歌ってるの？」

「ち、ちげーよっ」

曲が終了すると、麗奈さんが七渡君に質問をして否定されていた。

麗奈さんも同じことを思っていたようだ。でも、私にはそれを聞く自信が無かった。

次は廣瀬君が歌い始めた。私の知らない洋楽の歌を選んでいて、新鮮な気持ちになる。

でも洋楽で知らない歌なのに音程がずれているのが伝わってきてしまう。廣瀬君は何でも器用にこなすイメージがあったけど、苦手なこともあるようだ。

「56点か、テストの点数だと考えれば悪くないな」

廣瀬君の点数は思ったよりも高い。どうやら過度に低い点数は出ない仕様みたいだ。低すぎるとお客さんを傷つけることになっちゃうし、色々と考えられているようだ。

「いやマイナス11600点だから」

呆れながら点数を口にする麗奈さん。

「何でだよ⁉」

「内訳、空気読まずに洋楽歌ったマイナス1000点、みんなの知らない曲歌ったマイナス10000点、下手なのに小指立てて歌ったマイナス500点、やたら長い曲を歌ったマイナス100点」

「……鬼かよお前は」

廣瀬君に容赦なく指摘する麗奈さん。流石に可哀想だ……マイナス30点ぐらいだと私は思ったけど。七渡君は２０００点。

「いぇーい、みんな最高～」

何故かタンバリンを持って人一倍盛り上がっている柚癒ちゃん。廣瀬君が生んだ気まずい空気をぶち壊してくれている。

「次はしばゆーの番だぜ？」

「え～柚はいいよ」

七渡君が柚癒ちゃんへマイクを渡したが、それを拒否している。

「せっかく来たんだから歌いなよ」

「歌わない」

麗奈さんがなだめても柚癒ちゃんはマイクを握らない。しかもスマホを落として画面割っちゃったのかってくらい急にテンションが下がっている。

「俺より下手でもみんな笑わないぞ」

「下手じゃないけどカラオケでは歌わない」

廣瀬君がフォローをしても柚癒ちゃんは自分の姿勢を変えなかった。

その後も柚癒ちゃんはみんなから歌ってと七回くらいお願いされたが、頑なに歌を歌うことはなかった。何か歌うことにトラウマでも抱えているのだろうか……

カラオケに行くと何をしても絶対に歌わない人がいるとネットに書いてあったが、あれは都市伝説ではなかったようだ。

「しばゆーが歌えないなら何か別の遊びでもするか」

「そうだね！　パーティーグッズとか持ってきてるしここで他の遊びしよ」

廣瀬君の提案に間髪入れずに乗ってくる麗奈さん。まるで事前に打ち合わせしてきたかのようにスムーズな流れだった。

「うぅ……みんなありがとう。それで何する何する？」

涙ながらに感謝の言葉を述べている柚癒ちゃん。先ほどまでの冷めた表情を切り替えてノリノリの状態に戻った。

「昨日ドンキで買ったやつ持ってきたよ」

麗奈さんは鞄（かばん）から指令カードゲームという商品を取り出した。

トランプやウノとかならやったことはあるけど、指令カードゲームなんて聞いたことがない。都会では流行（はや）っているゲームなのだろうか……

「麗奈さん、それってどういうゲームなん？」

「カードに命令や質問が書かれていて、引いたカードに書かれていることには絶対に従ったり答えたりしなきゃいけないゲームだよん」

単純なゲームみたいで助かったな……私にも難なくできそうだ。

ゲームは始まり、じゃんけんをして負けてしまった七渡君からカードを引き始める。

「じゃあ引いてみるか」

カードを引いた七渡君は一気に顔が青ざめた。

「うわ〜最悪だ」

七渡君が引いたカードはネットの検索履歴を表示させて皆に見せるという指示だった。

「指令は絶対だぞ七渡」

「二万払うから許してくれ一樹」

「ちょっと許したくなる金額提示すんなや。細工できないように俺がやる」

廣瀬君は七渡君からスマホを取って、検索履歴を表示させようと操作している。

「俺はもう知らん……」

七渡君は部屋の隅で膝を抱えて座ってしまう。

検索履歴には最近の検索が十個ほど表示されている。

目黒区 バイト・ニキビ 原因・幼馴染 漫画・幼馴染 エロ・ギャル 動画・ギャル 複数・翻車魚 読み方・太もも・ギャル 足コ……

「可哀想だからもう止めてあげよ」

全部の履歴を確認する前に麗奈さんが画面の電源を消してしまう。

「麗奈……ありがとう」

そんな麗奈さんを見て七渡君が感謝の言葉を述べている。私も七渡君のことを思うなら麗奈さんより早くそうしてあげるべきだったな……反省。

でも、幼馴染でエロと検索しているのが気になった。幼馴染って私のことだろうし、エロって検索されているってことは私ってエロいと思われているのかな？

七渡君にあんまり下品な発言はしてこなかったけど、何か勘違いさせるようなこと言っちゃってたかな……あ～どうしよう、気になる。

「次は城木だよ」

麗奈さんに声をかけられ思考を切り替え、カードを一枚引くことに。

どうやらこれは罰ゲーム的な指示を実行に移さなければならない鬼畜なゲームのようだ。

想像よりも恐（こわ）いゲームだった……

「えっと～右の人と次の自分の番が来るまで手を繋（つな）ぐ」

隣の人は……そうだ七渡君だ！　やった！　七渡君と手を繋げる！

「俺か」

「うんうん七渡君だよ」

七渡君が差し出してきた手を握る。温かくて大きな手。

せっかくなので指を絡めた恋人つなぎで握ることに。解けないようにしっかりとね。

「嫌じゃないか?」

「ぜんぜん嫌じゃないよ! むしろ嬉しい」

七渡君と手を繫ぐのは安心する。子供の時は自然と繫いでいたけど、高校生になった今は恥ずかしくて自分からは言えずにいた。

麗奈さんは私の様子を羨ましそうに見ている。麗奈さんと七渡君が手を繫ぐことになっていたら私も同じ表情をしていただろう。

嫌なゲームかと思っていたけど、このゲームは最高だったな。ついてるついてる——

∞麗奈∞

指令カードゲームが始まり、そわそわとした気持ちになる。

最初は七渡の検索履歴の公開から始まった。

七渡ってばめっちゃギャルで検索してんだもん。あれって絶対あたしのこと意識しているよね?

確実にあたしの存在が七渡に影響を与えている。それがたまらなく嬉しいし、隠れてむんむんとしている七渡が可愛い。

そんな七渡を見てみると、城木と手を繋いで嬉しそうにニヤニヤしていた。

むき～城木も顔赤くしてキュンキュンしてるしもぉ～ムカつく、オラオラ！

あたしも七渡と手繋ぎとかハグとかしたい～頼むから嬉しい指令カード出て～。

「あたしのターン、ドロー！」

あたしは勢いよくカードを一枚引いた。あたしの運命はこのカードに懸かっている。

大丈夫、ずっと頑張ってきたあたしならきっと――

「えとえと、今まで付き合った人数を発表してください」

ぬおぉ～何なのこれ最悪……あたしってば幸運Eじゃん。

もぅまぢ無理……帰ったら七渡の色んなラブラブな指令を一人で妄想しょ。

ってか、よく見たらこれ大人の指令カードゲームって書いてあんじゃん!?　どうりで過激な指令が多いわけだ。ミスったなぁ～。

「え～付き合った人数とかさ～」

過去を振り返っても付き合った男性の姿は思い浮かばない。そう、あたしはまだ彼氏ができたことが一度もないからだ。

告白は何度かされたけど全部断ってきたし、誰かを好きになったのも七渡が初めてだ。なんという純粋なあたし……きっと七渡に全ての初めてを捧げてあげるために守られてきたのだろう。

「麗奈んは流石に二桁いくでしょ？」

「高校一年生で二桁は流石に無理だよ柚癒ちゃん。きっと六人とかだよ」

しばゆーと城木はあたしに彼氏がいた前提で話している。きっとそれはあたしのイメージや言動に立ち振る舞いを見て、そう感じているのだろう。

これで実際はゼロ人なんて言ったら馬鹿にされるかもしれない。それだけは避けなきゃいけないし、余裕のある女でありたい。

「まぁ～四人くらいかな。付き合う人は厳選してるし、そんなに多くないよ」

言ってしまった。見栄を張ってめちゃんこ嘘をついてしまった。

「やっぱり凄いね麗奈さんは」

城木としばゆーは尊敬の目であたしを見ている。ふふふ、あなた達とは違うのです。

「……そんなにいんのか」

「えっ」

一方、肝心な七渡は少しガッカリとした表情であたしを見ている。少し引かれちゃっているような感じだ。ちょっと待ってよ。

「七渡は処女じゃなきゃ無理って言ってたしな」

「おい一樹、そういうのは女子に絶対言っちゃいけないの！」

焦っている七渡は廣瀬に怒っている。最悪だ……七渡に軽い女みたいなイメージを持たれちゃったかも。嘘ついたからバチが当たったんだ。

その後は廣瀬が指令カードを引いてラップを披露していたけど、ショックで何にも頭に入ってこなかった。セミのセミナーまじセミロングとか言っていたのは聞こえたけど。

「柚の番だ～」

しばゆーはうきうきしながらカードを引いている。

「正面の人のほっぺにキス!?」

面倒なカードを引いてしまったしばゆー。正面には七渡と城木がいて、その真ん中の位置にしばゆーは座っている。

「どちらにしようかな～」

しばゆーは二人を交互に指差してランダムに選んでいる。おいおい！

「城木でしょ！」

「ウチにして！」

あたしの怒声と共に城木も自分にと強く要求した。

「も～翼ちゃん柚のこと好きすぎー照れる～」

ニコニコしながら城木に近づくしばゆー。最悪な展開は避けることができた。

「翼ちゃん大好き、ぶちゅ～」

「ちょっと柚癒ちゃん、恥ずかしいよ～」

城木の頬(ほお)にキスをするしばゆー。女同士でいったい何をやってんだか……

「七渡、馬鹿だよね二人とも」

「……尊い」

じゃれつく二人を慈悲深い目で見つめている七渡。

廣瀬の方を見ると、俺も混ぜろよ的な顔で二人の様子を見つめている。

なになに⁉　最近の男子ってああいうの好きなの⁉

「次は俺の番か……」

最初に最悪な指令カードを引いてしまった七渡は、カードを引くことに怯(おび)えている。

「えっと……好きな異性のタイプを発表する」

軽めのカード内容を見て安堵(あんど)している七渡。あたしも七渡の好きな異性のタイプは気になっていたのでこれは嬉しいカードだ。

「好きな異性っていうと色々あるけど、付き合いたいとか踏まえると俺は純粋な人が好きかな。負けず嫌いな性格もあって、他の男と比べられたりするの嫌だし」

ちょっと待ってよ七渡！　そんなこと言わないでよ！

だからさっきあんな残念そうな顔してたんだ……あたし本当は超純粋なのに〜。

「純粋と言えば翼ちゃんじゃん。今まで誰とも付き合ったことないし、めっちゃピュアだし、一途だし」

しばゆーは七渡に城木をオススメしている。余計なことすんな！

「翼は可愛いし、別に俺じゃなくてももっと理想のやつと付き合えるだろ？」

「う、ウチは七渡君みたいな人が良いよぉ……」

城木からつい本音がこぼれてカラオケルームに変な緊張感が走ってしまう。あの女！

「次、城木でしょ！」

あたしはこの空気を無理やり打ち消して城木にカードを引かせた。

「えっと……ええ、胸のサイズを発表やって」

カードの内容を見て顔を真っ赤にしている城木。大人の指令カードゲームなだけあって卑猥なカードも紛れているみたいだ。男の場合は乳首の色を答えようもない補足が書かれている。

最悪な指令カードを引いた城木には申し訳ないけど、あたしにとっては好都合だ。

何故なら、胸の大きさならあたしが一番だからだ。この時間で七渡があたしの魅力を再認識してくれて、先ほど落ちてしまった評価が戻るはず。

「どうやろ、あんまし正確に測ったことないけど……」

「だいたい感覚でわかるっしょ」

曖昧にして逃げようとした城木を追い込む。高一なんて一番胸の大きさとか気にしている時期なんだから知っていて当然だもん。

推定だけどしばゆーがBで城木がCだろうな。あたしは限りなくFに近いEカップ。七渡と出会ってから女性ホルモンが出まくっているからか、まだまだ大きくなっている気がする。

「これは流石に無理に言わなくてもいいぞ」

「感覚的にはDなのかな……」

七渡が言わなくても大丈夫とフォローしたと同時に、城木が回答をしてしまった。

Dか……えええ⁉　そんなはずはない！　絶対に盛ってるって！

城木の言葉を聞いて唾を飲んだ七渡。男子は胸の大きさとかよく把握していないから城木が盛っていることにも気づかないのだろう……

「翼ちゃん、そんなに大きかったんだ」

　しばゆーも城木の回答に少し疑問を抱いているようだ。疑いの目を向けられた城木は腕で胸を寄せて必死に大きく見せようとしている。

　一方、七渡は顔を真っ赤にして城木のことを見ている。ぐぬぬ……

「あ、あたしはFだけどな〜」

　隣にいる七渡にだけ聞こえるような声で独り言を呟いた。

　一瞬、七渡はあたしの方を見て停止し、目を閉じてしまった。

　悩殺してやったりだ。盛り増し城木なんかに負けないもん。

　これ以上、城木にアピールをさせないために指令カードゲームは早めに切り上げよう。

　そして、あの最終作戦を決行するしかない——

　指令カードの質問のせいで恥ずかしい思いをしてしまった。
　本当はCカップだったけど、七渡君は大きい胸の女性が好きと小学生の頃に言っていたことを思い出したので、見栄を張ってDカップと言ってしまった。

胸が大きくなるマッサージは毎日しているけど、効果はあまり発揮されていない。でも七渡君のためにも続けて、見栄を張ったことを現実にしてしまおう。

その後は廣瀬君がダンスを披露したり、柚癒ちゃんが一発ギャグを披露していたけど頭の中がぐわぐわとしていて何も頭に入ってこなかった。

「次の一周で終わりにしよ」

麗奈さんの一言を聞いて安堵する。このゲームは長く続けられない。

「俺の最後のカードは……」

七渡君がカードを引いて内容をみんなに見せる。

「左隣の人と目を合わせながら愛していると言う」

ひ、左隣!? 私だ、やった！

「そういう系はもうやらなくて良くない？」

「別に過激なやつじゃないし、やった方が良いと思う」

露骨に止めようとしてきた麗奈さんに反論する。そうはさせないぞ！

「城木だってさっきも胸の大きさのカードを引いちゃって痛い目みたじゃん。こういうのはもう無理に実行する必要ないよ」

「ちょっと恥ずかしかっただけだから平気」

「あっ、そうか、あんた清楚装ったビッチだもんね」

「び、ビッチじゃないし、ちょっとエッチなだけやもん」

「は？」

どうにか麗奈さんに丸め込まれないように反論を続けたけど、勢い余って変なことを言ってしまった。

「は、早く七渡君言って！　すぐに終わらそ」

「そ、そうだな」

阻止に失敗した麗奈さんは拳を握りながら唸っている。申し訳ないけど、私にだって譲れないことはあるもん。

「翼……」

「はいっ」

私の目を見つめて名前を呼んでくれる七渡君。か、カッコイイよぉ〜。

こんなに見つめられると凄くドキドキするし、胸がはちきれそう。

「愛してる」

はぁ、はぁ……七渡君に愛してるって言われちゃった。ゲームでも嬉しいし、ドキドキが止まらない。胸が熱いよ〜。

「ありがとぅ」

私は黙って頷き、感謝を述べた。

やっぱりこのゲーム最高だよ～。いつか、本当の愛してるを言ってもらうために今後もアプローチ頑張ろう。

でも、いけないいけない。これは危ないゲームなんだ。蜜の部分だけ吸って楽しんでいると、後でとんでもない後遺症が発生するパターンのやつだ。

次は私の番だし、しっかり切り替えて変なカードを引かないように祈らないと。

「城木、早く引いてよ」

イライラしている麗奈さんに煽られて私は慌てて次のカードを引いた。

う、嘘ぉ……

私は最悪なカードを引いてしまった。こんな恥ずかしいことできないし、遊びではしたくない。

「何のカードだった？」

「え、えっとね、あっ」

七渡君に聞かれて慌てると、私はカードを落としてしまった。

地面に落ちたカードを拾おうとすると、もう一枚カードが落ちていた。

あれれ、何でカードが二枚……もしかすると、さっき麗奈さんに急かされて慌てて引いたから二枚重ねて引いちゃってたのかな？

でも、これはチャンスだ。ズルだけど、さっきのカードはポケットにでも隠して、もう一枚の方のカードを引いたことにしよう。

「これだったよ」

私はもう一枚の方のカードを机に置いて、みんなに見せた。

「……性癖を一つ発表する」

嘘でしょ⁉　どちらにせよ最悪なカードだった⁉

「こ、これは流石に……」

「別に過激なやつじゃないし、言った方が良いと思う」

麗奈さんは先ほどの恨みを晴らすかのように、さっき私が言ったのとほとんど一緒の言葉を口にする。む〜。

「で、でも」

「それはズルいよ城木」

鬼のような表情で私に詰め寄る麗奈さん。どうしても私に恥をかかせたいようだ。

でも、その分さっきは良い思いしたし、これはちゃんと言わないとな……

別にソフトなことを言えば回避できそうだし、難しく考える必要はないか。

「だっこされるの好きやから、好きな人にはいっぱいだっこしてもらいたいかな……」

私は自らの性癖を口にする。恥ずかしいけど、これで七渡君と付き合った時に七渡君がこの時のことを思い出して私をいっぱいだっこしてくれれば結果オーライだ。

今は恥ずかしさよりもズルをしてしまったことに心が痛んでいる。ポケットには隠したカードが入っていて、ちゃんとルールを守っているみんなに申し訳ないなと思う。

その後は廣瀬君が隣の人とハグするというカードで柚癒ちゃんにハグをして、柚癒ちゃんはセクシーポーズの披露となり、女豹（めひょう）のポーズを披露していた。

そしてゲームは終了し、みんなはドリンクのお代わりへと向かった。

「別に七渡はあんたのこと愛してないから。勘違いしないように」

「わ、わかってるよ」

麗奈さんと二人きりになると、わざわざ言わなくてもいいことを耳打ちしてきた。

「天然装って、本気だと思って七渡君と彼女ってことになっちゃいました〜とかみんなに発表するつもりだったんでしょ？　残念でした、あたしはそうはさせない」

「そんなこと微塵（みじん）も思ってないよ！」

冗談ではなく本気のトーンで責めてくる麗奈さん。被害妄想もほどほどにしてほしい。

「どうだかね。城木って策士じゃん、あの手この手使って七渡を騙そうとしそうだし。将来は結婚詐欺師か何か目指してんの？」

「いい加減にしてよ！　勝手な憶測でいちゃもんつけてさ」

「あんたが今までそういうことしてきたからでしょ！　七渡を騙して抱きしめさせたことだって知ってんだから、この性悪田舎女！」

「勘違いもほどほどにしてよ。今まで四人の男性をとっかえひっかえしてきたんでしょ、この遊び人都会女！」

麗奈さんに吠えられて私もつられてつい声を荒らげてしまう。それでも麗奈さんはまったく引かずに私を睨み、私も負けじと睨み返す。

「お、おい、どうした二人とも。喧嘩しているのか？」

そんな私達の様子に気づいた七渡君が心配そうな目をして駆け寄ってくる。

「あっ、違う違う、きのこの谷派かたけのこの丘派かで言い争ってただけ。だよね城木？」

「う、うん。ウチはきのこの方が味的にも形的にも好きだから、それで」

麗奈さんが咄嗟に態度を変えて七渡君に笑顔を見せた。私もそれに合わせるように取り繕った笑顔を向ける。

「な、なんだ、ビックリした」

楽しく遊んでいるみんなの空気を壊してはいけないため、喧嘩をしているという事実を公にすることはできない。

自分の気持ちを抑えて素早く切り替えた麗奈さん。自分の気持ちよりもみんなの居場所を大事にしていることが伝わった。

互いが七渡君を求めているために争いにはなってしまうけど、やはり心から憎めない部分が麗奈さんにはある。

「早く飲み物入れて部屋戻ろうぜ」

「うん、すぐ行く」

去っていく七渡君の背中を二人で見届ける。もっと一緒にいたい……

「「ふんっ！」」

七渡君が去ると私達は同じタイミングでそっぽを向いた。間が空いて冷静にはなれたけど、好き勝手言ってきた麗奈さんへの怒りは残っている。

「……あんたは七渡に相応しくない」

「麗奈さんの方こそ相応しくないよ！」

「うっさい、次の時間で七渡はあたしのもんになるんだから」

謎の自信をちらつかせてドリンクを注ぎ、部屋に戻っていく麗奈さん。

いったい、この後に何をするというのだろうか——

∞麗奈∞

カラオケルームに戻り、あたしは次に遊ぶゲームの準備をする。

みんなに向けて遊びを提案することに。この瞬間を待っていました。

「あたしさー前からやりたいことあったんだよね～」

「どんなのだ？　麗奈がやりたいことなら何でも付き合うぜ」

七渡優しいよ～やりたいことなんでも付き合ってくれるって。それなら、あんなことと
か、あれなこととかしたいよぉ……って、馬鹿あたし、何考えてんの⁉

「じゃーん、トッキーゲーム」

あたしはトッキーを取り出して机に置く。ここはお菓子の持ち込みが可能なカラオケ店
であり、準備にぬかりはない。

「おいおい、また組み合わせによっては過激になるゲームだな」

「え～やろうよーあたし達ももう高校生なんだし、大人な遊びも楽しめるって」

七渡が参加しなければ意味は無い。

何故なら、あたしはこのトッキーゲームで七渡とキスをしてファーストキスを奪う作戦なのだから！

ついでにあたしのファーストキスを七渡に捧げる作戦でもある。そして、その責任を取ってもらうつもりでもある。これがあたしの本気だ！

「どういうゲームなのトッキーゲームって？　もう変な遊びは嫌だよ？」

「安心して城木、ただトッキー食べるゲームだからさ」

「そうなの？　なら楽しそう」

城木も丸め込むことに成功した。トッキーゲームを知らないなんて若者はほぼいないだろうに、天然を装って知らないフリをしたのが仇となったわね。

「廣瀬もしばゆーも問題無いっしょ？」

廣瀬は素直に頷く。事前に説得しておいたので問題は無い。

「え～柚はパスだよ、でも見るのは楽しそうだからじゃんじゃんやっちゃって」

「おっけ～後でケーキ奢る」

「まじで⁉　やったー」

まさかのしばゆーが自らフェードアウトしてくれた。これで七渡とキスができる確率が大きく高まった。ケーキなんて安いもんよ、飲み物もつけて奢ってあげよう。

「じゃんけんで勝った二人でゲームってことね」

「おっけー」

あたしはルールをみんなに伝え、自分に都合の良い場を準備する。あたしだって策士になれんのよ城木め……

「じゃあやりますか。最初はグー」

最初に七渡とキスして、そこでゲームを強制終了させてやるんだから。

「じゃんけん、ぽんっ」

あたしと七渡はチョキを出して、城木がグーで、廣瀬がパーだった。

「あいこか～ハラハラするね」

ふふふ、口ではハラハラするとは言ったが、これは勝利が約束されたゲームである。何故ならあたしは廣瀬へ事前にパーだけ出すように一生のお願いをしたのだ。そう、これであたしは勝つ確率が一人だけ高い。しばゆーも消えた今、勝利はほぼ手の中。

「あいこでしょ！」

あたしと七渡は再びチョキを出して、廣瀬と城木がパーだった。

「にへ、にへへ……」

駄目だ、まだ笑っちゃいけない、まだ堪（こら）えるんだあたしぃぃ！

「俺と麗奈か」
「勝っちゃったね〜七渡」
キタキタキタ！　やったやった！　舞台は整った。もう誰もあたしを止められないし、
あとは七渡の唇に向かって突き進むだけ。
城木にはちょっぴり申し訳ないけど、城木だって七渡を誘惑して抱き着いたりしていた
からお互い様だよーん。
「七渡がチョコの方から食べていいよ」
七渡にトッキーを一本渡す。互いにトッキーの先から食べ進め、どれくらいまで顔を近
づけられるかという神が生み出した奇跡のゲーム。
全国の好きな人いるけどキスできない女子に夢と希望を与えたため、発案者にはあたし
からノーベル麗奈賞を授与したいと思います。
「緊張するな……」
七渡は恥ずかしそうにトッキーの先端を口に咥えた。
トッキーが折れたら終了になってしまうので、七渡が焦って折らないようにあたしが速
攻で距離を詰める。それはもうトビウオが飛ぶようにね。
「じゃあいくよ〜ん」

「お、おう」

緊張して顔を赤くしている七渡可愛い。待っててね、今その唇にキスしてあげるから。

「ぱくっ」

あたしもトッキーの先端を咥え、トッキーゲームを始めることに。

目の前にはあたしを見つめる七渡が……両端を互いに咥えているため、見つめ合う形となっている。

あ、あれ、ヤバい、口が震えて動かない。

早く食べ進めないといけないのに、緊張して身体が動かない。

大好きな七渡に見つめられて、しかも向こうからこっちに迫ってくる。

熱い、身体がめっちゃ熱い、ヤバいってこれっ！

「あっ」

焦ったあたしはトッキーを思い切り噛んでしまい、ぽきっと折れてしまった。

「さ、最悪……」

え、待って、嘘でしょ？　何で本番でこんな緊張しちゃうのあたし……

この瞬間をあたしがどれだけ楽しみにしていたことか……

「ご、ごめん……そんなに俺に顔近づけられるの嫌だったか？」

しかも七渡に嫌がられたと勘違いされて、めっちゃ傷つけてる！　最悪な展開だ！

まさに天国から地獄といった状況。ズルして七渡とキスをしようとしたあたしにバチでも当たったというの⁉

こんな展開は認められない……何の成果も得られてないじゃない！

「どーする？　まだやるか？」

「やるに決まってんじゃん！」

廣瀬の提案にあたしは乗っかる。このままじゃ終われない。

そうだよ、また勝利して七渡とキスすればいいんだ！

過去は変えられないけど、未来なら変えられるんだ！

「最初はグーじゃんけん、ぽんっ」

廣瀬は約束通りパーを出し、それ以外はチョキを出した。

ヤバい……勝つことはできたんだけど、城木も残ってしまっている。

次のじゃんけんであたしが負ければ、城木と七渡のキスを見ることになってしまう。

絶対に負けられない戦いとはこのことね……でも大丈夫、あたしは神様を信じる。

「最初はグーじゃんけん、ぽんっ」

あたしはパーを出した。七渡と城木はチョキだった。

ねぇ、じゃんけんの神様、あたしはあんたを一生許さないから――

＋七渡＋

「また勝っちった」

初戦に続き二戦目も勝利してしまった。

でも、最初のトッキーゲームは麗奈がぜんぜん動かなかったので、嫌がられているみたいな感覚がしてショックを受ける時間だった。

麗奈はあんなに乗り気だったのにいざ俺とするって場面になったら、あんな結果になったからな。翼からもその仕打ちを受けたら流石の俺も泣いてしまう。

「恥ずかしいけど、七渡君とゲームできるのは嬉しいよ」

翼は嬉しそうな表情で俺のことを見つめている。

「そんなに恥ずかしいなら止めた方がいいよ。無理はしない方がいいって世界の色んな人達が言ってたよ」

麗奈が翼にトッキーを渡すことを渋っている。

「ただトッキー食べるゲームなんでしょ？　大丈夫だよ」

麗奈の最初の説明を復唱して笑みを見せている翼。何も言い返せなくなった麗奈は翼にトッキーを渡した。

「七渡君、咥えてて」

俺は翼からトッキーを受け取って咥えると、その端を翼が咥えた。

俺を見つめてくる翼があまりにも可愛い。瞳がハートになっているんじゃないかと勘違いするくらい、熱い眼差し（まなざし）で俺を見ている。

そんな翼を見てドキドキしてしまい、緊張して動けずにいる俺の元に翼は向かってきてくれる。

何の迷いもなく、俺の唇に向かって……

「あっ！」

突如、しばゆーがコップを倒して飲みかけのジュースが俺の元に流れてきた。それに驚いた俺はトッキーを噛んでしまい、折れて終了となる。

「……あっと、その、ごめん」

「いや、俺は大丈夫」

動揺しているのか、ジュースをこぼしたのに一ミリも動かないしばゆー。うっかり倒してしまったのなら、慌てて拭こうとするはずだが……

「ティッシュで拭くぞ」

「そ、そだね」

ようやく状況を理解したのか、慌てて動き出したしばゆー。

「……柚癒ちゃん」

ゲームが中断してしまったからか、複雑な表情を見せる翼。

その翼の様子を見たしばゆーは青ざめた表情になってしまう。

「誰にだってミスはあるから気にすんなよ」

「あ、ありがと天海っち」

作り笑顔を見せるしばゆーだが、いつもの元気な姿とは異なり身体を小刻みに震わせている。

「事故とはいえ、チャレンジ失敗ね」

世界の滅亡を直前に食い止めた瞬間を見たかのように安堵しまくっている麗奈。しばゆーの肩に手を置き、あんたは英雄よと称えていた。

少し気まずい空気が流れたが、これでお終いなという一樹の一言で止まっていた時間はその後は少し世間話をしてからカラオケを出て、解散という形となった――

再び動き出した。

∞麗奈∞

方向が別の廣瀬としばゆーを見送り、七渡と城木と共に帰り道を歩き始める。

しかし、数歩進んだとこであたしは忘れ物に気づいた。

「やばっ、店に忘れもんした！　二人ともちょっと待ってて」

あたしは急いでカラオケ店に戻ろうとしたが、七渡に肩を叩かれた。

「俺も行くよ。ちょっと待っててくれ翼」

「うん。この辺で待ってるね」

七渡もついてきてくれるなんて……やっぱり優しいな七渡は。

「どうしてついて来てくれたの？」

「忘れ物を見落としていた俺も申し訳ないと思ってさ」

自分のミスなのに、七渡も責任を感じてくれている。

七渡の気配りというか器の大きさが本当に好きだし、一緒にいると安心する。ちょっと鈍感なところはあるけど、それも含めて全部好き。

七渡となら絶対に幸せな家庭を築けそう。今の内に子供の名前とか考えておこうかな。

店員さんに忘れ物をしたと伝えると、まだ清掃を終えていないので先ほどの部屋へ確認してきてくださいと言われた。

部屋にはソファーのところにしまい忘れた指令カードの束が置かれていた。

「危ない危ない、置きっぱだったの思い出せて良かった」

「それか……そのまま忘れてても良かったけどな。もう二度と御免だから」

七渡は散々なカードばかり引いていたからか、指令カードが苦い思い出となってしまっているようだ。

「まじウケたよね。七渡ってば変なカードしか引かないいんだもん。運悪過ぎ」

「昔からくじ運とか悪いんだよ」

「たまたまでしょ。試しにもう一回引いてみたら？」

あたしはカードをシャッフルして七渡に束を差し出す。落ち込んだままだと可哀想なので遊びで一回引かせてあげることに。

「きっと正面の人に財布に入ってるお金を全部渡すとかなにかだぞ」

七渡は最悪の予想をしながらカードを一枚引いた。

「何だった？」

「正面の人のほっぺにキスだってさ。やっぱり変なのしか引けない」

七渡が引いたのはゲーム時にしばゆーが引いていたカードだった……

にゃにゃにゃん……にゃにゃにゃ、にゃーにゃあにゃあにゃんにゃ！

キスだ！　キスへの道筋が現れた！

「まっ、早くしまって帰ろうぜ」

「引いた指令カードは絶対だよ」

「えっ⁉」

にゃふふ……まさか最後の最後でこんなチャンスが訪れようとは！

神様はあたしを見捨ててはいなかった。むしろ試練を乗り越えたあたしにご褒美を用意していた。

「こ、これは試しだろ？」

そうそう、これは試しのつもりだったけどさ……七渡には申し訳ないけど、なんとしても実行してもらうからね！

あたしからキスができないならしてもらえばいいんだよ！

「いやガチだから。ガチ中のガチ。ガチガチのガチ」

七渡を逃がさないように手首を掴む。このチャンスを逃したら七渡とのキスはきっと遥か先までお預けになっちゃう気がするから、多少強引でもしてもらう！

「でも、恥ずかしいだろっ」

「早くしないと～清掃の人が来ちゃうから外でしないといけなくなるよ。今ならあたし達以外に誰もいないからさ」

焦らせて判断能力を鈍らせる作戦。一番焦っていて判断能力が鈍っているのはあたしなんだけどさ。

「そんなこと言ってもな」

「あたしにキスなんてしたくない？　嫌いなの？」

「嫌いなわけないだろ。したいけど恥ずかしいだけだ」

うおぉ～七渡にキスしたいって言われた！　してよ！　しなきゃ始まんないよ！

「ねぇーお願い、キスしてよ七渡ぉ～」

七渡の肩に頬をすりすりしておねだりする。後で冷静になったら恥ずかしさで悶え死にそうだけど、ここはやるっきゃねぇーもん！

「みんなに言うなよ」

「秘密。二人だけの秘密」

「絶対だぞ」

「うん。あたしだってみんなに言えないもん」

早く早く！　このまま清掃の人が来てうやむやにされたら困る！

「ふーっ」

深呼吸している七渡。吐息が耳辺りに当たってくすぐったい。七渡の吐息で死ねる。

「もぅ我慢できないの……焦らさないで」

「う〜ん」

「早くキスしてよ〜早く早く！　男の子でしょ！」

恥ずかしさで限界を迎えたあたしは七渡に意味不明なキレ方をしてしまった。

「失礼します」

七渡は一言挨拶をしてからあたしの頬にキスをしてくれた。

ただちょんと唇が触れただけなのに、その間たったの二秒くらいだったのに、あたしはもう立っていられなかった。

「お、おい大丈夫か？」

倒れそうになったあたしの腰を抱えて支えてくれる七渡。

好きが爆発しそうでヤバい。あたしはこのまま蒸発すんのかってくらい、身体（からだ）が熱くてくらくらしてしまう。

「ごめん、腰抜けた」

「やっぱり嫌だったのか？」

「嬉しいからに決まってんじゃん！」

あたしは七渡の言葉に瞬時に反論すると、驚いた七渡がちょっと引いてしまった。

「ヤバい！」

「ど、どうしたの七渡？」

何故か七渡は自分の脇腹を自分で殴っている。

「いや、気にするな麗奈……自分と戦っていただけだ」

息を切らしながら苦しそうな顔を見せている七渡。まるで目を覚まさせるように自分を痛めつけていた。

「もう、責任……取ってよね」

「なんの⁉」

残念ながら、もうあたしは七渡じゃないと駄目な身体になってしまった。

絶対に逃がさないし、誰かが取っていっても奪い返す。

ガチャンとドアが軽く閉まる音がしたので、慌ててあたしと七渡はドアの方に振り返るが、そこに人影は無かった。

「ほら、きっともう清掃の人が来たんだ。早く帰るぞ」

「うん。ありがとね七渡」

顔のにやけが収まらないので七渡の方を向くことができない。きっと変な顔になってしまっている。

「そっちじゃないこっち」

七渡と部屋から出たが、下を向いて歩いていたあたしは別方向に進んでいたみたいだ。

「わかんないよ〜」

心の整理が追いつかないあたしはまともな判断ができないでいる。面倒な女だと思われちゃうかもしれないけど、今は七渡に甘えたい。

「しょうがないな」

七渡はあたしの手を握って一緒に歩いてくれる。

嘘(うそ)ぉん……何このボーナスタイムは。七渡のために頑張っていたあたしへのご褒美なのだろうか。

それともキスをしてあたしの虜(とりこ)になっちゃったかな？　あたしのことで頭がいっぱいなのかな？

七渡の手を放さないように、指の間にあたしの指を絡めてちょっとやそっとのことでは解(ほど)けないようにする。

本当に幸せだな……七渡にキスしてもらって、手まで握ってもらえるなんて。

でもあたしは欲張りだから、もっともっと幸せになりたいと思ってしまった。

今度はちゃんとしたお口同士のキスがしたいし、七渡ともっと深い関係になりたい。

もうあたしのことは誰も止められないんだから――

◇翼◇

一人で待っているのは心細かったので、やっぱり私もと七渡君達の後を追いかけた。

カラオケルームに忘れ物を取りに行った二人に追いついたのだが、そこであたしは見てしまった。

麗奈さんが七渡君へべったりとくっつき、キスしてと迫っているところを。

七渡君の顔が麗奈さんの唇へ向かっていくのを見て、私は慌ててその場を後にした。

七渡君が私以外の女性とキスするところなんて見たくない。きっと見たら私は大きなショックで寝込むことになる。

麗奈さんは四度男性と付き合ったことがあると今日言っていた。やはり、その余裕があるからか二人きりの空間で七渡君を誘っていた。

みんなといる時は恥ずかしがっている姿を見せていたこともあり、見かけによらずシャイな人なのかと思って安心していたけど現実は違った。

みんなの前では恥ずかしがり屋を演じて、二人きりの時はがっつり甘える。すると七渡君は特別感を得ることができてメロメロにでもなってしまうのだろうか……

凄いな麗奈さんは……オシャレだしイケイケだし、欲しいものは何でも手に入れる。

このままだと駄目だ。私も麗奈さんを見習って欲張りにならないと。

「ごめん、遅くなって」

戻ってきた七渡君。どこかそわそわとしていて、何かが起きたことを察してしまう。

「おまたまたまた～」

腑抜けた声を出して幸せそうな顔をしている麗奈さん。

流石にイラっとくるけど、私も七渡君にキスなんてされたらきっとあんな顔しちゃうだろうな。

「めっちゃ顔がにやけとるけど、何かあったの麗奈さん？」

「ふえ？　ただ忘れ物が見つかっただけだよ」

やはり、キスしたことは秘密なんだね。もしかしたら今までもそうやって、七渡君と秘密の行いを重ねていたのかもしれない。

そもそも付き合ってもいないのに七渡君にキスを要求するなんて、不純だし人との付き合い方としてどうかと思ってしまう。

やはり麗奈さんはギャルなだけあって、そういうところだらしないのかな。

都会の人はそういう生き方をしている人が多いのかもしれないけど、七渡君を巻き込んでほしくない。

麗奈さんに悪気があるわけじゃないだろうけど、やっぱり私が七渡君を健全な道に導いてあげないと。この前に見たノンフィクション映画でも、不純な女性に入れ込んでしまい健全だった少年が非行の道に走ってしまうストーリーがあったし……

私が七渡君を救う方法は七渡君と恋人同士となって、ちゃんとしたお付き合いをさせてあげるしかないよね。そうすれば私も幸せで万事解決なんだけど。

でも、麗奈さんと私の間には告白をしてはいけないというルールがあるから、その選択肢を取ることはできない。困ったなぁ……

いや、だからこそ麗奈さんは告白をしない協定を結ぼうと提案してきたのだろう。

麗奈さんは恋人でなくてもキス等の行為ができる。私は恋人にならないと一歩先には踏み出せない。これは平等を装い私を出し抜くための巧妙な罠だ。

やられた……麗奈さんの見た目は派手なギャルだが中身は策士だ。その正体はギャル界の諸葛孔明なのかもしれない。

友達のためにグループを壊さないようにと言っていたが、それはあくまでも私を納得させるための名目であり、丸め込むための詭弁だったのかも。

このままでは麗奈さんの手のひらで転がされるだけだ。何か手を打たないと……

麗奈さんと告白しない協定を結んだからあのカードは封印したけど、やっぱり解放してしまおう。

帰りに七渡君と二人きりになった時に実行する。

情けは無用だ。もう容赦なんてしないから――

「どうしたの？　さっきから考え込んで」

上機嫌な麗奈さんが下を向いていた私の顔を覗き込んでくる。もう麗奈さんの真意に気づいてしまったので今まで通りに接することはできない。

その姿はコ〇ンに出てくる犯人のように真っ黒なタイツ姿に見え、鋭い目しか頭の中に入ってこない。

「絶対に負けないから」

強大な敵を前にして少し足が震えたけど、隣に立つ七渡君の笑顔を見て勇気が出た。

「もう無理だって。七渡には身も心もあたしに委ねてもらったからさ～」

デレデレした顔で勝利宣言している麗奈さん。油断も隙もある。

「まだ終わってない。許嫁(いいなずけ)のウチが負けるわけないじゃん」

「許嫁なんて過去の話でしょ？」

そう、私と七渡君の許嫁という関係なんて過去の話だ。

……でもさ、別に過去だからって終わったわけじゃないんだよ。

「じゃあね～また明日」

麗奈さんの家の前に着き別れることに。結局、最後まで幸せそうな顔を見せていた。

その後は七渡君と二人きりの時間となった。さぁ、チャンスの時間だ。

「翼の歌、本当に上手(うま)かったぞ。今度また聞かせてくれよ」

「本当に⁉　嬉しい……またカラオケ行こうね」

七渡君に褒められて嬉しくなる。練習した甲斐(かい)があったな……

「中学校の時に歌を褒められて合唱大会のメンバーに選ばれたんだ」

「あの歌声なら声がかかるだろうな」

七渡君は中学の時の私のことを知らないので、その時の話は積極的にしていきたい。七渡君には私の全てを知っていてほしいから。

「中学の頃のエピソードで何かあったら積極的に聞かせてくれよな」

「どうして？」

「俺の知らない翼がそこにいるからだよ。できるだけ知っておきたい」

「ウチもそう思うよ。中学の時の七渡君の話はいっぱい聞きたい。七渡君のこと全部知りたいから」

七渡君が私と同じ気持ちを抱いてくれていた……

それがどうしようもなく嬉しくて、自然と七渡君の手を掴んでしまっていた。

「もっと七渡君と二人で話したいな……今、何時ぐらいだろ？」

「まだ時間あるし付き合うよ」

私を拒まずに受け入れてくれた七渡君。

近所の人気の少ない神社に向かい、七渡君と他愛のない話をする。

私の目的は一つ。七渡君への想いを明確にさせること。

そのために必要な物を私はポケットから取り出した。

「あれっ？　どうしてそのカードを持っているんだ？」

七渡君は私がポケットから取り出したカードを見て驚いている。それもそのはず、これは先ほどのカラオケで遊んでいた指令カードゲームの一枚だから。

「ご、ごめんなさいっ！」

目的を果たす前に私は謝らなければならない。麗奈さんとの協定を守るためとはいえ、不正をしてしまったから。

「何で謝る必要があるんだ？」

「え、えっとね、実はその……」

カードを七渡君に渡す。そのカードには右の人に好きです付き合ってくださいと告白するという指令が書かれているのだ。

「三週目の時に本当はこのカードを引いていたんだけど実はこの時二枚引いてて、これが嫌だからもう一枚の方にしてこのカードを隠してたの」

「そうだったのか……」

やはり誰も気づいていなかったあの時の裏話。

私としてはこのまま隠して墓場まで持っていきたかったけど、あえて危険なこのカードを使うことにした。

「ズルしてたの凄く心が痛くて……」

「別にその状況なら誰だって同じことしてたんじゃないか？」

「七渡君ならしないよ。こんなウチのこと、軽蔑するよね？」

「そんなことないって。みんなには黙ってるし、俺も怒ってないよ」

七渡君からのフォローの言葉を聞けて安心する。不正したことを打ち明けることで嫌われる恐怖も多少はあった。

「じゃあさ、今これを実行してこのカードはもう帳消しってことで」

「 えええ!?」

まさかの七渡君からの逆オファーに驚きの声が出てしまった。このカードを無理やり実行させようと思ったんだけど、七渡君から言ってくれるなんて……

「そーすれば、ちゃんと実行したから悪いことなんて何もないし」

「うん……」

「あの時は周りにみんながいたから恥ずかしくて嫌だったってことだろ？　でも、今なら二人きりだ」

そうじゃないんだけど、麗奈さんとの協定のことは言えないので頷くしかない。

「このまま引きずってても後悔し続けることになっちゃうだろうしさ。ここで帳消しってことにしてこのカードのことは忘れようぜ」

七渡君は不正をしていた私を許すどころか、良い解決策まで提示してくれた。

「そ、そうだね。じゃあ、ちょっと待っとってね。心の準備するから」

「おう」

七渡君のアシストもあり、思い描いていた通りに告白のチャンスを得ることができた。

ゲームを消化するための告白かもしれないけど、どんな前提であれ七渡君へ想いを伝えられる絶好の機会だ。

でも終わるまで油断しては駄目、ちゃんと想いを伝えないと……

深呼吸をして緊張を和らげる。

告白ってのはこんなに緊張するんだ……

昨日は茂野君って人から告白されたけど、相手からはあまり緊張の色が見えなかった。

きっと私のことを本気で想っていなかったからだろう。でも、私の七渡君に対する気持ちは本物だから、命が懸かっているくらい緊張してしまう。

「相手は幼馴染で慣れ親しんでいる俺だし、そこまで緊張することないんじゃないか？」

「緊張するよ！　だって七渡君だもん……」

ぜんぜん私の気持ちをわかってくれていない七渡君。

でも、それはしょうがないことだ。私の気持ちに気づいていないから。

だからこそ、気づかせてあげるんだ――

「……ウチね、七渡君のことがずっと好きだった」

言ってしまった。一度言ってしまえば、思いは自然とこぼれてくる。

「だから東京まで会いに来て、大好きな七渡君とまた一緒に過ごしたいって決心したの。七渡君のためなら、何だってするから、だからウチと付き合ってほしい。お願い……」

私の告白を聞いて顔を赤くしている七渡君。

「や、やけに気持ちがこもっていたな……」

「七渡君、返事は？」

「へ、返事⁉」

七渡君に返事を要求すると慌てた顔を見せた。

「俺で良ければ……」

「いいよ」

「じゃあカップル成立だな」

「本当に⁉」

「えっ、告白はゲームでって話だろ？」

七渡君の思わせぶりな言葉にこけてしまいそうになった。

でも、俺で良ければってことは、七渡君も私と付き合いたいって思ってるってことなのかな……だったら両想いだ、嬉しい。

「これでいいかな？」

表情を切り替えて、いつもの様子に戻る七渡君。

「う、うん。いいと思う。七渡君のおかげでちゃんと消化できたよ」

告白タイムは終了して、張り詰めた緊張から解かれる。

精神的に疲れてしまった私は、七渡君を連れて家の方向に向かう。

「頑張ったね翼。このカードは俺が家で処理しておくから」

「うん。気を使ってくれてありがとね七渡君」

七渡君に頭を撫でられて幸せな気分になる。でも、もっと七渡君に色んなところを触れてほしい。

このままじゃ七渡君との距離感は一歩近づけただけだ。あと、もう一歩前に——

「あのね、七渡君」

「どうした？」

私はもっと近づきたい。誰よりも七渡君に近づきたい。

「さっきの告白はノーカンだけど……」

「わかってるよ。明日から彼氏面したりしないから安心してくれ」

「でもね、さっき伝えたウチの想いに嘘偽りはないよ」

「……えええ!?」

私の言葉を聞いて驚いている七渡君。

でも、それは嫌な驚きではなく、嬉しそうな驚きなのを見て安心した。

「ウチはね、七渡君と今でも許嫁だと思っているから」

私はそう七渡君に告げて自宅のあるマンションへと入った。

返事の言葉はいらない。ただ、七渡君に今まで以上に私のことを意識してもらえればそれでいい。

麗奈さんだけじゃなくて私という選択肢もあるということを突きつけた。

これからは好きであると知ってもらった上で、七渡君に触れていく。

そして今度は七渡君から告白してもらうんだ——

第6章　スクランブル

ж柚癒ж

あれは柚の一目惚れだった。

入学式の日、クラス表を見つめていた一人の女性。

ただ名前が羅列されている紙を見ていただけなのに、彼女の目はとっても輝いていた。

見た目は少し地味だなと思ったけど、逆にそのギャップが彼女の瞳を宝石のように輝かせていた。

あんなに眩しいと感じた人は今まで見たことがなかった。キラキラしてた。

彼女が輝いている理由は明白だった。彼女は恋をしている。

しかもそれは本気の恋。周りの女子生徒が言っているような安っちい恋ではなく、相手を誰よりも想う本気の恋。まるで物語の主人公のように、真っ直ぐで純粋な気持ち。

彼女の輝かしい姿を見て、可愛すぎるでしょと一目惚れをしてしまったのだ。

それは好きという単純なものとは少し異なり、憧れというか尊敬というか、様々な感情が混じり合っている。

あの人と話したい。あの人と仲良くなりたい。あの人に触れたい。

そんな思いが溢れた柚は彼女に近づきたくて初日から声をかけていた。

友達になって、彼女を応援して、恋愛相談に乗って……

輝いている彼女の隣にいることで、楽しい時間を過ごすことができていた。

そして自分もその輝きの光を受けて輝いている感じがした。

それで満足できれば良かったんだけど、柚はもっと近づきたいと感じてしまった。

彼女の前ではふざけてばかりいて本当の気持ちを隠し続けていた。

柚の気持ちに気づかれたら離れていっちゃうかもしれないけど、それでもあと一歩前に踏み出したい。願わくば、柚のことも好きになってもらいたい。

幸いにも彼女には麗奈んという最大のライバルがいる。

勝負が拮抗すればするほど柚は彼女と一緒にいられるわけで……その戦いはできればずっと続いてほしい。そうすれば、彼女の傍にずっといられるんだもん。

欲を言えば麗奈んに勝ってほしいけど、流石に好きな人の不幸は祈れない。

彼女が天海七渡と結ばれれば、柚はもうお終い。打つ手なし。

できればみんながずっと友達のままでいてほしいんだけど、関係性は変化する。何故なら変化を望む者がいるから。それは柚も含めて。

友達のままでいたいけど、友達のままじゃいられないんだよね——

『告白して思い告げちゃった』

「ぎょへ⁉」

普段通り翼ちゃんと電話していたのだが、意外な行動を聞いて変な声が出てしまった。

『でも、それは指令カードの流れでね。一応そういうゲームでって話なんだけど』

「そかそか、びっくりしたよ」

柚が翼ちゃんの背中を押しまくってあげて、今では天海っちとの距離をがっちり詰めている翼ちゃん。幸せそうなのが嬉しい反面、柚のことも少しは考えてという寂しい気持ち。

でも、応援しているおかげで翼ちゃんにおける柚への信頼度は高くなっていることが節々から伝わり、柚に何でも話してくれるようになっている。それは嬉しい。

同性への好意は難しい。だから、些細な変化があるだけでも凄く幸せになれる。

『その時にね、本気の気持ち伝えたの。そしたら、それから七渡君、頻繁に連絡くれるようになったし、何か距離感縮まった気がするん』

あれれ……応援し過ぎたかな？

予想よりも進展スピードがだいぶ速い。このままでは付き合ってしまう日もそう遠くなさそうだ。まさか疑似告白までしちゃうなんて……

柚は翼ちゃんにおいて一つの誤算をしていた。

それは翼ちゃんが臆病で奥手な女の子だと思っていたこと。

でも実際は言いたいことをはっきりと言って、麗奈んと相対してもビビらない肝っ玉の持ち主だったのだ。

翼ちゃんは七渡君のために何でもするという心情の持ち主。

その意志の強さは尋常じゃなくて、好きな人のために躊躇（ちゅうちょ）したり怯（ひる）んだりしている余裕はないといった感じだ。

きっと柚がいなくても翼ちゃんは天海っちと距離をせっせと詰めていただろう。それを柚が加速させてしまっている状態となっている。

というか、もう取り返しのつかない状況になっているかも……

柚もこの辺で何かアクションを起こさないと、自分の気持ちも言えないまま今の関係が収束してしまうかもしれない。

『ゲームとはいえ、七渡君が俺でよければって返事をしてくれたんだよ。えへへ～』

何言ってんだよ天海っちコラ！　柚と代われよボケ！

それにしても翼ちゃんのデレデレの声、可愛いな〜録音しておけば良かった。

って、ふにゃっている場合じゃない！　状況が最終局面を迎えてらぁ！

天海っちと翼ちゃんが結ばれてしまえば、柚の想いは行き場を失う。もう翼ちゃんの傍にはいられないような気もする。そうなったら柚は枯れちゃうよ。

それに、五人グループの解散の危機でもある。柚も麗奈んも翼ちゃんと一緒にはいられないだろうし、廣瀬君も流石にカップルの邪魔はできない。

これは思ったよりも大変な事態になっているかも……ずっとこのままではいられないとは思っていたけど、まだ五月になったばかりなんだけど！

「あんまり浮かれてるとまたドジしちゃうよ〜」

『そだね、気を引き締めていかないとだ。いつもアドバイスありがとね、柚癒ちゃん』

またアドバイスをしてしまった。翼ちゃんを応援しないことは柚にとって不可能。

正直、翼ちゃんは最強だ。

可愛くて、性格も良くて、純粋で、スタイルだって悪くない。とにかく可愛い。

世の男子は翼ちゃんに好きと言われれば、喜んで付き合うことだろう。

その翼ちゃんが好意を明確にさせれば、天海っちもそりゃ付き合いたくもなるよ。

しかも天海っちにとっては幼馴染の元許嫁で、ずっと好きでいてくれている相手。
最強のヒロインといったところだろうか……欠点は無く加点しかない。
今さらだけど、これって無理ゲーだよね。
『今度、二人きりで遊ぼうって誘ってみる』
「そ、そうなんだ。成功すると良いね」
『失敗は無いよ。成功するまで頑張るから』
「流石だよ翼ちゃん。その意気だ」
二人きりで遊ぶことになったら、またさらに距離が縮んでしまうやないかい！
……でも大丈夫、柚にはまだ麗奈んがいる。
翼ちゃんが眩く輝いているのなら、麗奈んは赤く燃えている。
麗奈んが諦めない限り、柚達のグループというか関係性は終わらない。
翼ちゃんの応援を止めることはできないけど、麗奈んを応援することはできる。
頑張って麗奈ん——

+七渡+

「困ったな……」

先日、翼と二人きりになった時に、とんでもないことが起こってしまった。

翼は指令カードを清算するためという名目で、俺に告白をしてきた。

今でも思い出せるあの光景。真剣な熱い眼差し(まなざし)で俺を見つめ、揺るぎのない声で気持ちを伝えてきた。

こんなにも俺のことを思っていてくれたのかと、はっきりと伝わってきた。

だが、その時に俺は翼のことが好きなんだとはっきりわかってしまった。

もちろん、今までも翼には多少の好意はあったが、その気持ちが抑えきれなくなってきている。

告白はノーカウントだったが、翼の思いは本物らしい。しかも翼は今でも俺のことを許嫁だと思っているらしい。

「信じられないくらい困ったな……」

今まで友達だと思っていた相手を好きになってしまった。

これからどうやって生きていけばいいのかわからない。

翼に許嫁としてやり直そうと返事をするか、それとも気持ちを抑え続けるか……

きっと翼は俺の気持ちに応えてくれる。でも、その選択肢を選べば今のグループに亀裂を生んでしまうのは確かだ。

俺は環境が変わることを最も恐れている。当たり前に傍にいてくれるみんなが、離れていってしまうのは耐えられない。

だからといって、この好きな気持ちを抑えられるのだろうか……

「困り果てた」

「さっきからぶつぶつうっせーな」

俺の独り言を聞いて呆れている一樹。今日は健康診断が行われており男女別に分かれているため、一樹と二人きりで話せる時間となっている。

「しょうがないだろ、まじで困ってんだから」

「何に困ってんだよ」

「翼のこと好きでどうしようもなくなった」

「……まじか」

翼ならきっと一生離れない。わざわざ九州の田舎から会いに来てくれたぐらいだから、その想いの強さは疑う余地もなく本物なのだろう。

　その安心感が好きという気持ちに直結もする。

　翼と付き合えば、きっと別れないでずっと傍にいてくれる。そう信じられる。

「たぶん付き合おうって言えば、快くオッケーしてくれると思う」

「だろうな。俺からしたら今更気づいたのって感じだが」

「実際、翼から今度二人きりで遊ぼうって誘われた。そこで好きな気持ち我慢できなくなって告白すると思う」

　俺の言葉を聞いた一樹は難しそうな表情を見せる。

「須々木の時みたいに三日で別れて後悔するかもしれないぞ」

「翼がそんなことすると思うか？」

「……その可能性は微塵もないな」

　翼はずっと俺のことを想い続けていると言っていた。他の人とは違う。

「でも、話だけ聞いていると喜ばしい状況じゃないか。何に困っているんだ？」

「グループの……みんなの関係性が壊れるのが怖い」

「安心しろ。俺がフォローしてやるから」

「それは助かるけど……」

　一樹はどんな状況になってもフォローしてくれるだろう。俺が付き合うと言っても背中を押してくれるはずだ。

「地葉のことが引っかかっているんじゃないか？」

「……はっきり言うとか、容赦ないな」

　そう、俺は麗奈のことが引っかかっていた。それはもう大きな爪でがっつりと。

「別に城木と付き合おうと俺は反対はしないし応援もするが、地葉にちゃんと筋を通してから頼むぞ。俺にキレられても困るし」

　麗奈のことは友達として好きだし、女性として見ても可愛いし魅力的だ。

　一緒にいると楽しいし、放っておけないような人だ。もっと一緒にいたいし、遊んで笑い合いたい。

　でも、翼と付き合えば、その関係性が終わってしまうかもしれない。

「ぐぅぬおお」

　悩み過ぎた俺はその思いを吐き出すかのように唸り声を出した。

「高校生活はまだ始まったばかりだし、俺はそんなに焦って答えを出さなくても良いと思うけどな」

　一樹の言う通り、進展を急ぐ必要は無い。幸いにも翼は俺を待ってくれている。

でも、好きな気持ちってのは、そう簡単に抑えられないんだよな……

抑えようとしても溢れてくる。それを相手に受け止めてもらいたい。

「七渡～」

教室へ入ると、既に教室に戻っていた麗奈が嬉しそうに近づいてきた。

だが、俺は自然と身を引いてしまい、麗奈と少し距離を取る形に。

「えっ、七渡？」

その行動を取った俺を見て、信じられないくらい悲しそうな表情を見せる麗奈。

最近、麗奈との距離感が近過ぎることもあり、少し離れた方が良いとは思っていた。

カラオケの帰り、麗奈が忘れ物をしたと言って二人きりになった。

そして指令カードで頬にだがキスする羽目になった。

麗奈の頬にキスをした時に、俺の心はもっと麗奈を求めたい欲に駆られてしまった。

慌てて自分を殴り欲求を律したが、ヒヤヒヤする形となった。

友達との距離感を保たないと、俺の理性もピンチになるからな。

「どうして離れたの？」

ただ、麗奈と距離を置くことは想像以上に胸が痛むし、離れたくないとも感じる。

「最近、凄く距離が近いなと思ってさ」

「……迷惑だった？」

「いや、そんなことないけど、お、俺達は友達だしさ」

「そ、そーだよね……」

悲しい目を向けている麗奈を見ると、とてつもない胸の痛みに襲われてしまう。

正直、これは耐えられるものではない……麗奈にこれ以上悲しい顔をさせることはできない。

そう感じるのも、俺はきっと麗奈のことが……

「七渡君、もう終わってたんだ」

教室に戻ってきた翼が俺の腕を掴み、身を寄せてくる。

距離を置こうと思ったが、避ける隙が無かった。

その様子を見た麗奈は、下を向いたまま離れていってしまった。

「前に伝えた二人きりで会う件、ちゃんと考えてくれた？」

「うん。今度の休日にって考えてるけど、バイトどうするかも考えてるからちょっと待っててな」

「大丈夫だよ、七渡君のことならずーっと待てるから」

俺の答えを聞いて嬉しそうにした翼は、もっと俺に近づこうとしてきた。

だが、俺はその動きに合わせて少し距離を置いた。

「な、七渡君？」

「翼、ちょっと距離が近過ぎる」

俺はとりあえず二人と少し距離を置くという選択肢を取ることに。

好きな気持ちを抑えるのは難しいが、近づき過ぎなければ刺激も少なく平常心を保つことができるはずだ。

今はどうするか考えてから行動しないとな……問題が山積みだ。

早急にアルバイトでも始めて、二人に夢中になる時間を減らすのもいいかもしれない。

「七渡君……」

「悪いな。翼のこと意識し始めたら、何か近いの恥ずかしくなっちゃって」

「そ、そうなんだ、嬉しい。も～ビックリしたよ」

恥ずかしそうに笑顔を見せてくれる翼。

やっぱり可愛(かわい)いし、愛(いと)おしいと思う。好きであることは間違いない。

間違いないんだけど、それを形にできそうにない自分がいた――

∞麗奈∞

「終わった」

昼休み。あたしは用事があると言って抜け出し、屋上への扉がある人が寄り付かない空間で一人になっていた。

そして、あたしは冷静になり、終わったという結論に至った。

それは七渡に嫌われてしまったからだ。うぅ〜。

最近、城木に対抗することを意識し過ぎていて七渡に不自然に絡み過ぎていたかもしれない。思い当たる奇行の数々……

恥ずかしいのを我慢して積極的に触れに行ったり、挙句の果てにキスまで要求したり。

思い返すと嫌われるというか、引かれる理由には十分だった。

周りが見えていなかったというか、突っ走り過ぎたというか……

振り返っても過去はやり直せないし、反省するしかないんだけど。

「む〜」

七渡に避けられたのはショックが大き過ぎる。別にあっち行けと言われたわけじゃないだけなんだけど……

友達同士の距離感を保とうとされた
もちろん、最近が異様に近づき過ぎていただけで、友達同士の距離感を保とうとされた
だけなんだけど……

それでも、七渡の中であたしは友達の領域を超えられていないってことだ。

「それよりも……」

そう、自分の失敗よりも深刻な問題がある。

それは七渡の城木を見る目が変わったこと。

あのカラオケで遊んだ休日が過ぎてから、何故か七渡は城木を強く意識し始めた。

七渡に直接確認したわけじゃないんだけど、ずっと七渡を見てきたあたしにはその変化が伝わってきてしまう。

七渡を見ると城木のことを目で追っていたり、城木と話している時に変にかしこまっていたりと、その変化はわかりやすかった。

悔しいけど、七渡は城木に好意を抱いているっぽい。しかも、本気の……

「あ〜あ、負け負け」

いつの間にかあたしと城木の間には大きな差ができていた。

しかも、それはどうあがいても埋められないほど広がっていた。

「てーか幼馴染で元許嫁とかチートじゃん、お馬鹿ギャルのあたしには勝てっこないよ」

城木はずっと七渡と一緒だったから、七渡のこと理解できるんだ。それに七渡も城木のことを信頼している。あたしとはキャリアがまるで違う。

家が隣だったとか、子供の時から同じ時間を共にしていたとか、親とも仲良いとか、環境がズルい。それに、引っ越して離れ離れになってもずっと自分のことを好きだったとか、そんな異性がいたらあたしでも好きになっちゃうよ。

例えるなら城木は王道のシンデレラで、あたしなんかぽっと出のシンデレラを邪魔するモブ野郎に過ぎないってことだ。

あたしは踏み台にされて終わり。勝負は最初から決まっていた。

唯一、あたしの方が有利だった容姿も城木にイメチェンされて一瞬で詰められちゃったしね。まさにガラスの靴ね……そりゃ勝てねーっつーの。

今まで気づかないようにしてたけど、冷静になればあたし不利過ぎるもん。

「くだらな」

というか、何であたし七渡に固執してたんだろ……別に七渡ってそんなイケメンってわけでもないし、そこまで優良物件ってわけでもない。

逆にこれで冷静になれたかも。七渡は友達ってことで割り切ろうじゃないか。

あたしは可愛いし、その気になれば男なんて選り好みできるっしょ。つーか、むしろ相手が寄ってくるレベルだし。

あーあ馬鹿馬鹿し。何であんなに夢中になってたんだろ、アホじゃんあたし……

「うぅ……」

駄目だ、涙が止まらない。

無理やり諦めようとしても七渡のこと好き過ぎて忘れられるわけない。

絶対に七渡とずっと一緒にいたいもん、付き合いたいもん。

アホだ、アホ過ぎるよあたし～さっさと諦めればいいのに、一パーセントでも可能性があるなら諦められないよ～。

「麗奈ん、何で泣いてるの⁉」

何故かこの場に来たしばゆーに泣いている姿を見られてしまった。

息を切らしているので、あたしを探し回っていたのかもしれない。

「七渡に嫌われた～もうお終い、生きてる意味無い」

もう何もかもどうでもよくなったあたしは、しばゆーに泣きつくことに。

「そ、そんな……」

しばゆーに笑われるかと思っていたけど、意外にも深刻な表情を見せてくる。

「嫌いって言われたの？」

「距離が近過ぎるって言われた」

「え？　それぜんぜん嫌われてなくない？　柚から見ても付き合ってないのにめっちゃ距離感近いなと思ってたし」

しばゆーから冷静に突っ込まれ、確かに嫌われたは考え過ぎかもと思えてきた。

「でもでも、七渡は城木のこと好きになったっぽいもん」

「天海っちから直接聞いたの？」

「いや、あたしの推測だけど……」

「推測なんだ」

「あたしにはわかるの！」

七渡のことずっと目で追っているから、あたしにはわかっちゃう。七渡のことなんでもわかってあげたいと思っていたけど、それがこんな残酷なことになるなんて……

「じゃあ諦めるの？」

「諦める方法を探している」

「それは駄目だよ！　麗奈んが諦めたら、終わっちゃうじゃん……」

しばゆーに全力で否定された。意外と熱いところあるんだ……

終わってしまうというのは、あたし達のグループが解散となってしまうということだろう。短い付き合いだけど、しばゆーは今の居場所を気に入っているみたいだ。

「無理なもんは無理、勝てないもん……もう、諦めるしかないじゃん」

「それは絶対に駄目なの！　麗奈んが諦めたら柚の気持ちも、みんなとの関係も終わっちゃうもん」

何故かしばゆーも泣き出してしまう。身体も震えている。

「何でよ、しばゆーは城木の味方でしょ？　あたしが諦めて大成功でしょ？」

「確かに柚は翼ちゃんの味方というか、応援はしていたけど……」

「なら、あたしを倒せて良かったじゃん」

しばゆーは悪くない。確かに王道の城木を応援したくなる気持ちは理解できるし、ぽっと出のあたしに誰も味方してくれないのも理解できる。

「……この際、言うよ。柚の秘密。もう転換期が来ちゃったみたいだし」

「秘密？」

しばゆーは柄にもない真剣な表情で語り始めた。

「うん。今まで黙ってたけど、麗奈んの大泣きするほど真剣に向き合っている姿を見て、柚もちゃんと向き合わないとなーって思って。みんなには秘密だよ」

「う、うん……」

しばゆーには秘密があったみたいだ。まさかの展開に少し恐怖心が芽生える。

「実は柚ね、翼ちゃんのことが可愛くてどうしようもないの」

「なぬ!?」

しばゆーのまさかの言葉に変な声が出てしまった。予想の斜め上をいく秘密だった。

「翼ちゃんを見ていると凄く胸がドキドキして、身体がめっちゃ熱くなって、隙あらば抱きしめたいというか……まぁ翼ちゃんで夢中になっちゃう」

「つまり、城木のことが好きってことなの？」

「えっと、その、好きというか……もっと仲良くなりたいというか、めっちゃ触れたいというか、もうどうしようもなくて、ずっと翼ちゃんのこと考えている感じ」

「めっちゃ好きじゃん」

「ち、違っ……そういうんじゃ、うーん好きというか、翼ちゃんのこと考えてるとヤバい的な感じなんだよ。可愛い過ぎてもう、どうにかなりたい」

何その反応、あんたの方が可愛い過ぎかっつーの。

「いや、客観的に見たら好きなんじゃんとしか言えないけど」

「じゃ、じゃあ、そうかもしんない。悪いかコラ」

開き直って逆ギレしてきたしばゆー。

「何も悪くないよ」

「引いた？」

「本気で好きなんでしょ？　なら、引くわけないじゃん」

「麗奈ん〜」

抱き着いてくるしばゆーの頭を撫でる。彼女の感情を理解できずに否定する奴もいるかもしれないけど、そんな奴がいたらあたしがひっぱたいてあげる。

「でも、めっちゃビックリはしたけどね。やけに城木に積極的に絡んでいるなとは思ってたけど、そういう気持ちがあったなんて」

好きになってしまったものはしょうがない。あたしはその気持ちを体感して身に染みているので、しばゆーの気持ちも理解できる。今熱くなっているのも頷ける。

むしろ今までよく、あたし達に気づかれないように好きな気持ちを抑えることができていたな……。

いや、よくよく考えるとそういえば先日のカラオケで、翼ちゃん大好き〜とか言いながら頬にキスしてたな。あたしが気づかなかっただけで、ぜんぜん抑えられてなかった。

「でも、どーしてそんな大事な秘密をあたしに打ち明けちゃったのよ。けっこう重めの秘密じゃない？」

「麗奈んと協力関係になりたくてさ。そのためには柚の気持ち知っててもらわないと」

「あー……にゃるほど」

城木のことが好きなしばゆーは七渡と城木が付き合ってしまえば、それで恋路はお終いになってしまう。報われるかは不透明にせよ、しばゆーは現状維持を望んでいるのか。

そしてあたしも、城木と七渡が結ばれたらお終いな立場だ。互いに目的は違っても、しなければいけないことは一緒ってことだ。

というかしばゆーにとっては、あたしが七渡と付き合えれば最高の結果なのか……

「柚は麗奈んのこと手助けするから、麗奈んは柚のこと手助けして欲しい。そして、それはお互いのためになると思う」

「そうね……」

果たして目の前に現れたしばゆーは、あたしにとって希望と絶望どちらになるのか……

強力そうな協力者が味方になったが、不安要素も多い。でも、まるで童話に出てくる魔女のように、何か不思議な策を持っていそうではある。

「まーそんなに力になれるかはわからないけど、一人で戦うよりはお互い良いよね？」

「そうね。というか、今思うとしばゆーには既に助けられているけどね。七渡と城木がトッキーゲームでキスしそうになった時、偶然とはいえジュースをこぼして止めてくれたでしょ？」

「あーあれは、その……実は、翼ちゃんにキスして欲しくないと思ってたら、ついコップを倒しちゃって」

ナイスタイミングだったとは思っていたけど、しばゆーの故意だったようだ。

「翼ちゃんには本当に申し訳ないことしたなって、あの日以降けっこう悩んでて」

「気にしないでいい。あたしだって七渡とキスしたいって我儘で無理やりみんなを巻き込んでゲームとか始めたわけだし、好きな人に我儘になるのは仕方ないでしょ」

「麗奈ん……」

「それに城木だって七渡を誘惑して抱きしめてもらったりしてるからね」

「えええっ、聞いてないよそんなこと！」

「あたしがこっそり見ちゃったからね。しかも二度も……」

あの光景を思い出すだけで悔しい気持ちが蘇る。

「許せん天海っち」

「そっちに怒るのかいっ」

しばゆーはあくまで城木の味方。城木への妨害は手伝ってもらえなそうね。

　まーあたしも妨害なんて姑息な真似はするつもりないし、七渡へのアプローチに関することを協力してもらうまでだ。

「それで、具体的に何か策とかあるわけ？　もうヤバい状況になっちゃってるけど」

「例えばだけどさ、こういう作戦はどう？」

　しばゆーは特に周囲に人はいないのに、小声で耳打ちをしてくる。少しくすぐったい。

「ごにょごにょ」

「……ほほう、それはそれは」

　そうか、その手があったか……

「というか、よくそんな手を思いつけるわね」

「複雑な恋愛をしているからこそ、複雑な作戦を思いつけるんだよ」

　自分では思いつきもしなかったアドバイスをもらい、暗かった道が明るく開けてきた。

　これなら最強の相手、城木にも勝てるかもしれない。

　それに諦めずに想い続けていれば、状況が好転することもあるかもしれない。世の中、何が起こるかわからないからね。別に七渡だって城木が重すぎて嫌になっちゃうかもしれないし、城木だって急に恋が冷めちゃうこともあるかもしれない。

「今週中にもその作戦を実行しようじゃないの」

「いや今日するよ」

「は⁉」

「柚達に余裕なんかないもん。やれるよね？」

思っていたよりもしばゆーの目が怖い。これは本気で目的に向かって作戦をなんとしても遂行させようとしている鬼軍曹の目だ。でも今は、それが心強い。

「わかったわかった。もうここまで来たら、やるっきゃないっしょ」

やっぱりあたしは七渡を諦めきれない。つーか、これからが本番って感じね。

「翼ちゃんは最強ヒロインだから、麗奈んにも最強になってもらわないと」

「できるかなあたしに……あまり勝てる気はしないけど」

「一人だとできない……勝てないかもしれないけど、二人なら勝てるかもしれないよ」

「しばゆー……ありがとう、おかげで前を向けそう。あたしもできることは少ないかもしれないけど、しばゆーのために協力するから何でも言ってね」

「ありがと。頼りにしてるね」

あたし達は負け組候補同士、手を取り合った。諦めきれない夢のために。

ねぇ七渡、あなたを諦めきれないギャルじゃダメですか——

あとがき

初めまして、桜目禅斗です。

デビュー作である前作から引き続き購入して頂いた読者様はお久しぶりです。二作続けて手に取って頂き本当にありがとうございます。

今作『あなたを諦めきれない元許嫁じゃダメですか？』は紛れもないラブコメです。

昨今のラノベ界はラブコメブームが凄まじく、そのビッグウェーブに自分のスタイルで飛び乗る形となりました。

日に日に生まれていくラブコメ作品群に埋もれないようにするには〝個〟が必要になると特に誰も言っていませんでした。私が勝手に言っています。そう信じています。

この作品の〝個〟は誰も譲ることのできないヒロインレースです。

そして、各キャラクターに視点が切り替わることもこだわりの一つです。

一巻では天海七渡、城木翼、地葉麗奈それぞれの視点があり、それぞれが主人公でありヒロインであると言えます。

友達といつまでも仲良く過ごし、青春の日々を送りたいと願う天海七渡。

元許嫁の七渡が忘れられず、再び恋人となるために会いに来た城木翼。

自分の居場所を守りたい、七渡の傍に常にいたいと願う地葉麗奈。

それぞれに目的があって、一つの物語が動いていきます。

様々なキャラクターの視点を描く書き方は初めてだったこともあり、ギャルの人に取材をしたり、九州に住む人に方言の取材をしたりと準備を万端にしました。色んな人を見て、色んなことを体験してきた自分の経験値にも救われて、スムーズに書けました。

一巻では作中で約一ヶ月しか経っていません。序盤から争う翼と麗奈ですが、二人の戦いはまだ始まりの一端でしかなく、みんなの物語は動き出したばかりです。

これからも五人の仲良しグループには多くのイベントや波乱が待っています。私の頭の中では、それはもう凄いことになっています。夏休み編では海とかプールのイベントで、かるたも様が描くみんなの水着姿が見られたらいいなと願っています。

時にはすれ違ったり、時には協力したり、時には衝突したり、時には急接近したり……そんな読み応えのある物語を読者様に届けることができたらなと思います。

また、小説投稿サイトのカクヨムでは七渡と麗奈の中学生編『あなたを諦めきれないギャルじゃダメですか？』が公開されていると思いますので、興味のある方はそちらもお楽しみください。

私は子供の頃から人を笑わせるのが大好きで、常日頃から面白おかしいことを口走っていました。大人になってからは少し落ち着いてきましたが、今でも心の中は面白いとか変わっているとか思われたいなと疼いています。誰かにお笑いやろうぜと本気で誘われたら、今頃はお笑い芸人やユーチューバーになっていたかもしれません。

作家も読者様に作品を面白いと思ってもらいたいと常に考える職業なので、意外と今までの自分の生き方は作家に合っていたんだなと最近になって実感しました。ということで、ラブコメの〝コメ〟の部分も楽しんで頂けたら私としては本望です。笑えるとか楽しいとか思ってもらえると嬉しくなっちゃいます。

今作に面白さを感じられた方は是非、デビュー作である『上流学園の暗躍執事』も読んで頂けると嬉しいです。今作と同様に学園ものであり、作風は変わらずコメディ要素もあります。自信を持ってオススメできる作品となっております。

謝辞です。

常に謙虚に、人への感謝を忘れずにという生き方の私から盛大な感謝ラッシュです。

イラストを担当して頂いたかるたも様。素敵なイラストを提供して頂き本当にありがとうございます。編集者さんからかるたも様にイラストを担当してもらえると聞き、イラストを初めて拝見した時、あまりの可愛さにすぐさまイラストの虜となってしまいました。さらには身体の質感表現……本物の胸より柔らかそうという言葉が出てきました。自作のキャラクターにイラストという命を与えて頂き、本当に嬉しかったです。

編集担当様。今作でも一緒に作品作りができて本当に良かったです。新人賞の作品とは異なり、今回はゼロから編集者さんと物語を作っていきました。アイデア出しから始まり、原稿の完成に至るまで、作品に関する多くのことを楽しく学べました。本当にありがとうございます。

そして、本が出ることを誰よりも喜んでくれる家族に親戚の皆さん、常に支えてくれたKさん、購入報告や感想をくれる地元メンズや地理クラスや知り合いの人たち……本当に感謝が尽きないです。優しい人達に囲まれて私は本当に幸せ者です。

ツイッター等で応援してくれている方々も本当にありがとうございます。愛すべき皆様のおかげでいつもモチベーションが爆上がりしています。

最後に、この本を手に取ってくれた読者の皆様に盛大な感謝を言わせてください。本当にありがとうございます。自分の作品を読んでもらえることがすっごく嬉しいです。

桜目禅斗でした、どうもありがとう。

あなたを諦(あきら)めきれない元許嫁(もといいなずけ)じゃダメですか？

著　桜目禅斗(さくらめぜんと)

角川スニーカー文庫　22206

2020年５月１日　初版発行
2020年９月５日　再版発行

発行者　三坂泰二

発　行　株式会社KADOKAWA
〒102-8177 東京都千代田区富士見2-13-3
電話　0570-002-301（ナビダイヤル）

印刷所　株式会社暁印刷
製本所　株式会社ビルディング・ブックセンター

◇◇◇

Printed in Japan　ISBN 978-4-04-109395-5　C0193

★ご意見、ご感想をお送りください★
〒102-8177 東京都千代田区富士見 2-13-3
株式会社KADOKAWA　角川スニーカー文庫編集部気付
「桜目禅斗」先生
「かるたも」先生

角川文庫発刊に際して

角川源義

第二次世界大戦の敗北は、軍事力の敗北であった以上に、私たちの若い文化力の敗退であった。私たちの文化が戦争に対して如何に無力であり、単なるあだ花に過ぎなかったかを、私たちは身を以て体験し痛感した。西洋近代文化の摂取にとって、明治以後八十年の歳月は決して短かすぎたとは言えない。にもかかわらず、近代文化の伝統を確立し、自由な批判と柔軟な良識に富む文化層として自らを形成することに私たちは失敗して来た。そしてこれは、各層への文化の普及滲透を任務とする出版人の責任でもあった。

一九四五年以来、私たちは再び振出しに戻り、第一歩から踏み出すことを余儀なくされた。これは大きな不幸ではあるが、反面、これまでの混沌・未熟・歪曲の中にあった我が国の文化に秩序と確たる基礎を齎らすためには絶好の機会でもある。角川書店は、このような祖国の文化的危機にあたり、微力をも顧みず再建の礎石たるべき抱負と決意とをもって出発したが、ここに創立以来の念願を果すべく角川文庫を発刊する。これまで刊行されたあらゆる全集叢書文庫類の長所と短所とを検討し、古今東西の不朽の典籍を、良心的編集のもとに、廉価に、そして書架にふさわしい美本として、多くのひとびとに提供しようとする。しかし私たちは徒らに百科全書的な知識のジレッタントを作ることを目的とせず、あくまで祖国の文化に秩序と再建への道を示し、この文庫を角川書店の栄ある事業として、今後永久に継続発展せしめ、学芸と教養との殿堂として大成せんことを期したい。多くの読書子の愛情ある忠言と支持とによって、この希望と抱負とを完遂せしめられんことを願う。

一九四九年五月三日

カノジョに浮気されていた俺が、
小悪魔な後輩に
懐かれています
My coquettish junior attaches herself to me!
御宮ゆう
イラスト えーる
からかわないと、照れくさいから。
ちょっぴり 大人の青春ラブコメディ!
第4回
カクヨム
web小説コンテスト
《特別賞》
ラブコメ部門
しがない大学生である俺の家に、一個下の後輩・志乃原真由が遊びにくるようになった。大学でもなにかと俺に絡んでは、結局家まで押しかけて——普段はからかうのに、二人きりのとき見せるその顔は、ずるいだろ。
特設ページはコチラ!

スニーカー文庫